TERREMER

LES TOMBEAUX D'ATUAN

ŒUVRES D'URSULA K. LE GUIN

DANS PRESSES POCKET

LES DÉPOSSÉDÉS
L'AUTRE CÔTÉ DU RÊVE
LE NOM DU MONDE EST FORÊT

La Ligue de tous les Mondes

LE MONDE DE ROCANNON
PLANÈTE D'EXIL
LA CITÉ DES ILLUSIONS
LA MAIN GAUCHE DE LA NUIT

Terremer

LE SORCIER DE TERREMER
LES TOMBEAUX D'ATUAN
L'ULTIME RIVAGE

LE LIVRE D'OR

COLLECTION SCIENCE-FICTION

dirigée par Jacques Goimard

URSULA K. LE GUIN

TERREMER

LES TOMBEAUX D'ATUAN

Traduit de l'américain par

Françoise Maillet
et Michel Lee Landa

SEGHERS

ISBN : 2-266-02347-0

PROLOGUE

« RENTRE, Tenar! Rentre à la maison! »

Dans la vallée profonde, entre chien et loup, les pommiers étaient à la veille de fleurir; çà et là, parmi les rameaux ombrés, une fleur précoce était éclose, blanche et rose, comme une pâle étoile. Dans les allées du verger, dans l'herbe épaisse, vierge et humide, la fillette courait, pour la joie de courir; entendant l'appel, elle ne revint pas immédiatement, mais décrivit un long cercle avant de s'en retourner vers la maison. Sa mère, qui attendait sur le seuil de la cabane, avec en fond, derrière elle, la lueur du feu, observait la minuscule silhouette qui courait et dansait, comme un duvet de chardon emporté par le vent, sur l'herbe vêtue d'ombre en dessous des arbres.

A l'angle de la cabane, occupé à racler une houe engluée de terre, le père dit : « Pourquoi laisses-tu ton cœur s'attacher à cette enfant? Ils vont venir la prendre le mois prochain. Pour de bon. Autant l'enterrer, et que ce soit fini. A quoi bon t'attacher à quelqu'un que tu dois perdre fatalement? Elle ne nous sert à rien. S'ils payaient pour l'emmener, ce serait déjà quelque chose; mais ils ne paieront pas. Ils la prendront, et voilà tout! »

La mère ne dit rien, contemplant l'enfant qui s'était arrêtée la tête levée pour regarder au travers des arbres. Au-dessus des hautes collines, par-dessus les vergers, l'étoile du soir brillait d'une intense clarté.

« Elle n'est pas à nous, et ne l'a jamais été, depuis qu'ils sont venus ici et ont dit qu'elle devait être la Prêtresse des Tombeaux. Pourquoi ne peux-tu pas comprendre cela? » La voix de l'homme était âpre de chagrin et d'amertume. « Tu en as quatre autres. Eux vont demeurer, et pas celle-là! Alors, ne lui donne pas ton affection. Laisse-la partir! »

– « Quand le temps sera venu », dit la femme, « je la laisserai partir. » Elle se pencha pour accueillir l'enfant, qui arrivait en courant sur ses petits pieds blancs et nus sur le sol boueux, et la prit dans ses bras. Se retournant pour entrer dans la cabane, elle inclina la tête pour baiser les cheveux noirs de l'enfant; mais ses cheveux à elle, dans la lueur vacillante de l'âtre, étaient blonds.

L'homme resta dehors, pieds nus sur la terre froide, tandis que le ciel clair du printemps s'assombrissait au-dessus de lui. Dans le crépuscule, son visage était un masque de douleur, une douleur confuse et pesante, mêlée de colère, qu'il ne pourrait jamais exprimer par des mots. Finalement, il haussa les épaules et suivit sa femme dans la pièce éclairée par le feu et résonnante de voix d'enfants.

I

LA DÉVORÉE

UNE trompe lança une note aiguë et s'arrêta. Le silence qui suivit ne fut secoué que par le bruit des pas d'une multitude, à la cadence d'un tambour résonnant doucement, au rythme d'un lent battement de cœur. A travers les fissures du toit de la Salle du Trône, les brèches entre les colonnes, là où toute une partie de la maçonnerie et de la toiture s'était effondrée, le soleil hésitant jetait une lumière oblique. C'était une heure après son lever. L'air était immobile et froid. Les mauvaises herbes qui avaient poussé en forçant le passage entre les dalles de marbre étaient soulignées de givre, et crissaient en s'accrochant aux longues robes noires des prêtresses.

Quatre par quatre, celles-ci descendaient la vaste salle entre une double rangée de colonnes. Le tambour battait sourdement. Nulle voix ne s'élevait, nul regard n'observait. Des torches portées par les filles en noir brûlaient d'un feu qui rougeoyait dans les rayons du soleil, et se faisait plus vif dans la pénombre. Au-dehors, sur les marches de la Salle du Trône, se tenaient les hommes, gardes, joueurs de trompe et de tambour: seules les femmes avaient franchi les immenses portes, et dans leur robe noire à capuchon avançaient lentement vers le trône vide.

Deux d'entre elles se détachèrent, grandes femmes impressionnantes dans leur vêtement noir, l'une maigre et rigide, l'autre lourde et qui se dandinait sur la plante des pieds. Entre elles marchait une enfant d'environ six ans. Elle portait une chemise droite et blanche. Sa tête, ses bras et ses jambes étaient nus, ainsi que ses pieds. Elle semblait d'une petitesse extrême. Au pied des marches menant au trône, où attendaient maintenant les autres, en rangées sombres, les deux grandes femmes firent halte. Elles poussèrent doucement l'enfant en avant.

Sur sa haute estrade, le trône paraissait garni de chaque côté de rideaux de ténèbres tombant de l'obscurité de la voûte; étaient-ce réellement des rideaux, ou seulement une ombre plus dense, l'œil ne pouvait s'en assurer. Le trône lui-même était noir, rehaussé d'un éclat mat de pierres précieuses ou d'or sur les bras et le dossier, et il était immense. Un homme qui s'y fût assis aurait semblé un nain; il n'était pas de dimensions humaines, et il était vide. Seules l'occupaient des ombres.

Toute seule, l'enfant gravit quatre des sept marches de marbre veiné de rouge. Elles étaient si larges et hautes qu'elle était obligée de poser les deux pieds sur une marche avant d'en gravir une autre. Sur celle du milieu, juste dans l'axe du trône, se dressait un gros bloc de bois rugueux dont le haut avait été évidé. L'enfant mit ses deux genoux en terre et ajusta sa tête dans le creux, la tournant légèrement de côté. Elle resta là agenouillée, immobile.

Un personnage en robe de laine blanche à ceinture émergea soudain de l'ombre, à la droite du trône, et descendit les marches jusqu'à l'enfant. Son visage était revêtu d'un masque blanc. Il tenait une épée d'acier poli longue de plus d'un mètre. Sans un mot, sans hésitation, il brandit l'arme, qu'il tenait à deux mains, au-dessus du cou de la petite fille. Le tambour s'arrêta de battre.

Alors que la lame parvenue au sommet de sa trajectoire restait suspendue un instant, un personnage en noir jaillit de la gauche du trône, franchit les marches d'un bond et immobilisa les bras du sacrificateur de ses bras plus fins. L'épée étincela à mi-course. Les deux personnages demeurèrent ainsi un moment en équilibre, le blanc et le noir, tous deux sans visage, pareils à des danseurs au-dessus de l'enfant immobile dont le cou blanc était révélé par ses cheveux noirs séparés en deux nappes.

En silence, chacun fit un bond de côté et remonta les marches, s'évanouissant dans l'obscurité derrière le trône colossal. Une prêtresse s'avança et répandit le liquide d'une coupe sur les degrés, près de l'enfant agenouillée. La tache paraissait noire dans la pénombre de la salle.

L'enfant se releva et descendit péniblement les quatre marches. Quand elle fut en bas, les deux grandes prêtresses la revêtirent d'une robe noire, d'un capuchon et d'un manteau, et la firent à nouveau se tourner vers les degrés, la tache noire, le trône.

« Que les Innommables voient l'enfant qui leur est donnée, celle-là même qui soit jamais née sans nom. Qu'ils acceptent en offrande sa vie et les années de sa vie jusqu'à sa mort, qui leur appartient aussi. Que cette offrande leur soit agréable. Qu'elle soit dévorée! »

D'autres voix, stridentes comme des trompettes, répondirent : « Elle est dévorée! Elle est dévorée! »

La petite fille, sous sa capuche noire, levait les yeux vers le trône. Les joyaux sertis dans les immenses bras griffus et le dossier étaient satinés de poussière, et le dossier sculpté s'ornait de toiles d'araignées et de taches blanchâtres de fiente de hibou. Les trois marches supérieures, juste en face du trône, n'avaient jamais été gravies par les pieds d'un mortel. Elles étaient recouvertes d'une poussière si épaisse qu'elles se fondaient en une pente grise, la surface du marbre veinée de rouge entièrement dissimulée sous les résidus de combien d'années, de combien de siècles!

« Elle est dévorée! Elle est dévorée! »

A présent le tambour, brusquement, résonnait à nouveau, sur un rythme plus vif.

En silence, à pas lents, la procession se reforma et s'éloigna du trône, en direction de l'est, vers le lointain carré lumineux de la porte. De chaque côté, les doubles colonnes épaisses, telles d'immenses cuisses livides, montaient vers les ténèbres de la voûte. Au milieu des

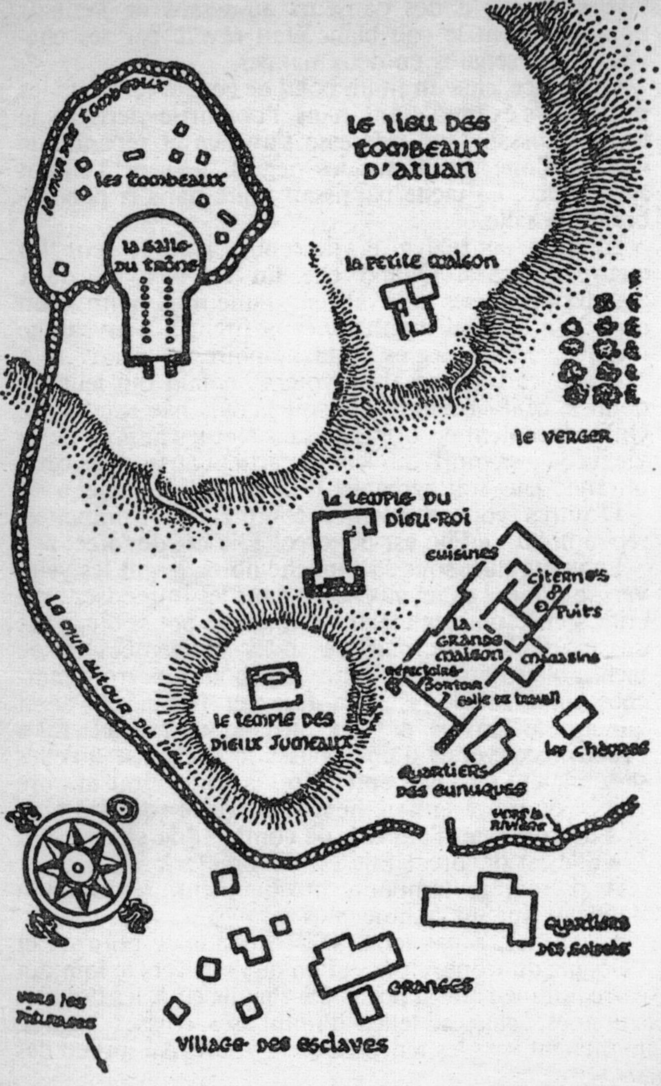
le lieu des tombeaux d'atuan
le mur des tombeaux
les tombeaux
la salle du trône
la petite maison
le verger
le temple du dieu-roi
cuisines
citernes & puits
la grande maison
magasins
réfectoire-dortoir
salle de travail
le temple des dieux jumeaux
les chèvres
quartiers des eunuques
le mur autour du lieu
vers la rivière
quartiers des soldats
granges
village des esclaves
vers les pâturages

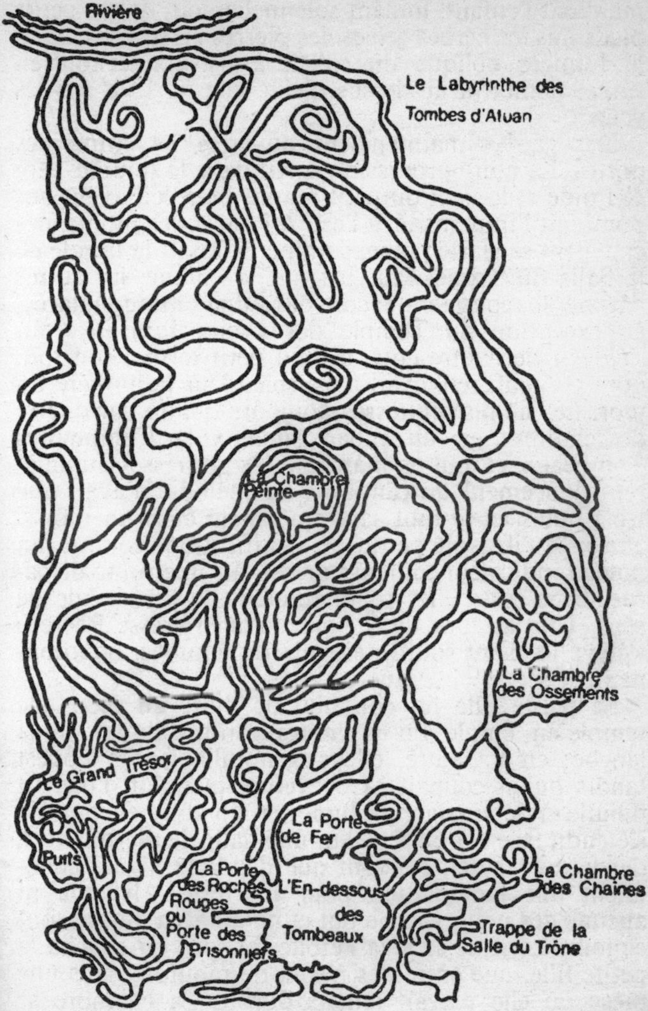
Rivière
Le Labyrinthe des
Tombes d'Aluan
La Chambre
Peinte
La Chambre
des Ossements
Le Grand Trésor
Puits
La Porte
de Fer
La Porte
des Roches
Rouges
ou
Porte des
Prisonniers
L'En-dessous
des
Tombeaux
La Chambre
des Chaînes
Trappe de la
Salle du Trône

prêtresses, et maintenant tout en noir comme elles, marchait l'enfant, foulant solennellement de ses petits pieds nus les herbes gelées, les pierres glaciales. Quand la lumière oblique du soleil, à travers le toit en ruine, flamboya au-dessus d'elle, elle ne leva pas les yeux.

Des gardes maintenaient ouvertes les immenses portes. La noire procession sortit dans la lumière rare et froide et le vent du petit matin. Le soleil aveuglant dominait l'immensité, à l'est. A l'ouest, les montagnes captaient sa clarté jaune, comme le faisait la façade de la Salle du Trône. Plus bas sur la colline, les autres bâtiments reposaient encore dans une ombre violacée, à l'exception du Temple des Dieux Jumeaux, qui s'élevait de l'autre côté, sur un petit tertre : son toit, doré de neuf, renvoyait avec splendeur la lumière du jour. Les noires prêtresses, toujours quatre par quatre descendirent en un ruban sinueux la Colline des Tombeaux, et tout en marchant les prêtresses modulèrent doucement un cantique. La mélodie n'avait que trois notes, et le mot sans fin répété était un mot si ancien qu'il avait perdu sa signification, comme un poteau indicateur toujours dressé sur une route disparue. Sans cesse elles psalmodiaient ce verbe vide de sens. Tout au long de ce Jour de la Prêtresse Recréée s'éleva le chant sourd des voix de femmes, bourdonnement sec et obsédant.

La petite fille fut conduite de pièce en pièce, de temple en temple. En un endroit, on mit du sel sur sa langue; en un autre, elle s'agenouilla face à l'ouest tandis qu'on coupait sa chevelure et qu'on l'oignait d'huile et de vinaigre parfumé; en un autre encore elle s'étendit face contre terre sur une dalle de marbre noir, derrière un autel, pendant que des voix aiguës chantaient une lamentation pour les morts. Ni elle ni aucune des prêtresses ne but et ne mangea durant tout ce jour. Lorsque se leva l'étoile du soir, on coucha la petite fille, nue entre des peaux de mouton, dans une pièce où elle n'avait jamais dormi. La chambre se trouvait dans une maison qui était restée fermée pendant des années, et qu'on avait ouverte seulement ce jour-là. La pièce était plus haute que longue, et ne comportait pas de fenêtres. Elle recelait une odeur de mort, immobile et rance. Les femmes silencieuses la laissèrent là dans le noir.

Elle demeura étendue, dans la position même où elles l'avaient installée. Ses yeux étaient grands ouverts. Elle resta ainsi longtemps, très longtemps.

Elle vit de la lumière vaciller sur le haut mur. Quelqu'un parcourait sans bruit le couloir, abritant une chandelle à mèche de jonc, de telle sorte qu'elle ne brillait pas plus qu'une luciole. Un chuchotement enroué : « Ho! Es-tu là, Tenar? »

L'enfant ne répondit pas.

Une tête passa par l'embrasure, une tête étrange, chauve comme une pomme de terre pelée, et de la même couleur jaunâtre. Les yeux étaient pareils à des yeux de pomme de terre, bruns et minuscules. Le nez était amenuisé par les larges joues plates, et la bouche était une fente sans lèvres. L'enfant contempla cette face sans bouger. Ses yeux étaient larges, sombres et fixes.

« Ho! Tenar, mon petit rayon de miel, te voilà! » La voix était enrouée, plutôt aiguë comme une voix de femme, sans en être une. « Je ne devrais pas être ici. Ma place est dehors, devant le porche; c'est là que je vais. Mais il fallait que je voie comment va ma petite Tenar, après cette longue journée. Eh, comment va mon pauvre petit rayon de miel? »

Il avança vers elle, silencieux et massif, et étendit la main comme pour lisser ses cheveux.

– « Je ne suis plus Tenar », dit l'enfant les yeux levés vers lui. Sa main s'immobilisa; il ne la toucha pas.

– « Non », dit-il, au bout d'un moment, dans un murmure. « Je sais, je sais. Maintenant, tu es la petite Dévorée. Mais je... »

Elle ne dit rien.

– « Ç'a été une rude journée pour une petite comme toi », dit l'homme, en frottant ses pieds contre le sol tandis que la lueur ténue tremblotait dans sa grande main jaune.

– « Tu ne devrais pas te trouver dans cette Maison, Manan. »

– « Non, non. Je sais. Je ne devrais pas être dans cette Maison. Eh bien, bonne nuit, petite... Bonne nuit. »

L'enfant ne dit rien. Manan fit lentement demi-tour et s'en alla. La faible lueur disparut des hauts murs de la cellule. La petite fille, qui n'avait plus d'autre nom que celui d'*Arha*, la Dévorée, étendue sur le dos, continua de fixer les ténèbres.

II

LE MUR AUTOUR DU LIEU

EN grandissant, elle perdit tout souvenir de sa mère, sans s'en rendre compte. Ici était sa place, dans le Lieu des Tombeaux; depuis toujours c'était sa place. Certaines fois seulement, durant les longues soirées de juillet, contemplant les montagnes à l'occident, sèches et fauves dans les derniers reflets du soleil couchant, elle pensait à un feu qui avait brûlé dans un âtre, autrefois, avec la même clarté jaune. En même temps elle se rappelait que quelqu'un la tenait, ce qui était étrange; car ici il était rare même qu'on la touchât; elle se rappelait aussi une odeur agréable, le parfum d'une chevelure qui venait d'être lavée et rincée à l'eau de sauge, une longue chevelure blonde, de la couleur du soleil couchant et du feu brillant dans l'âtre. C'était là tout ce qui lui restait.

Elle savait plus de choses qu'elle n'en avait le souvenir, bien sûr, car on lui avait conté toute l'histoire. Alors qu'elle avait six ou sept ans, et qu'elle commençait à se demander qui pouvait bien être cette personne qu'on appelait « Arha », elle était allée trouver son gardien, le Gardien Manan, et lui avait dit : « Raconte-moi comment j'ai été choisie, Manan. »

– « Oh, tu sais tout cela, petite! »

Et en effet, elle savait : la prêtresse Thar, à la taille haute et à la voix sèche, lui avait appris, jusqu'à ce qu'elle connût les mots par cœur; et elle récita : « Oui, je sais. A la mort de l'Unique Prêtresse des Tombeaux d'Atuan, on accomplit les cérémonies des funérailles et de la purification dans le mois, selon le calendrier lunaire. Après cela, certaines des Prêtresses et certains des Gardiens du Lieu des Tombeaux se mettent en route, traversent le désert, parcourent les villes et les villages d'Atuan, cherchant et interrogeant. Ils cherchent l'enfant de sexe féminin née le soir de la mort de la Prêtresse. Quand ils l'ont trouvée, ils attendent et ils observent. L'enfant doit être saine d'esprit et de corps, et durant sa croissance ne doit pas souffrir de rachitisme, de variole ou de quelque difformité, ni devenir aveugle. Si elle arrive intacte à l'âge de cinq ans, on sait alors que le corps de l'enfant est vraiment le nouveau corps de la Prêtresse morte. Et l'enfant est présentée au Dieu-Roi d'Awabath, conduite dans ce Temple et instruite un an durant. Et à la fin de l'an, on la mène à la Salle du Trône et son nom est restitué à ceux qui sont ses Maîtres, les Innommables : car elle est celle qui n'a pas de nom, la Prêtresse Toujours Réincarnée. »

C'était mot pour mot ce que Thar lui avait appris, et jamais elle n'avais osé demander un mot de plus. La maigre prêtresse n'était pas cruelle, mais elle était très froide, vivait selon une loi de fer, et Arha la craignait. Mais elle ne craignait pas Manan, loin s'en faut, et souvent elle lui ordonnait : « Allons, raconte-moi comment on m'a choisie, *moi!* » Et il lui racontait encore une fois.

« Nous sommes partis d'ici, vers le nord-ouest, au troisième jour de la lune croissante; car Arha-qui-fut était morte le troisième jour de la dernière lune. Et d'abord nous sommes allés à Tenacbah, qui est une ville immense, bien que ceux qui ont vu les deux disent qu'elle est à Awabath ce qu'est une puce à une vache. Mais elle est bien assez grande pour moi; il doit bien y avoir dix mille maisons à Tenacbah! Et nous avons continué vers Gar. Mais personne dans ces cités n'avait de bébé de sexe féminin qui leur fût né le troisième jour de la lune, un mois auparavant; certains avaient eu des garçons, mais ceux-ci ne faisaient pas l'affaire... Aussi nous sommes-nous rendus dans la région des collines au nord de Gar, dans les villes et les villages. C'est ma patrie; je suis né dans ces collines, là où courent les rivières et où la terre est verte. Et non pas dans ce désert. » La voix enrouée de Manan rendait un son étrange en disant cela, et ses petits yeux disparaissaient entièrement dans les bourrelets de ses paupières; il s'arrêtait un moment, puis poursuivait. « Ainsi, nous découvrions tous ceux qui étaient les parents de bébés nés au cours des derniers mois, et nous leur parlions. Et certains nous mentaient. *Oh oui, sans aucun doute notre petite fille est née au troisième jour de la lune!* Car les pauvres gens, tu le sais, sont souvent heureux de se débarrasser des bébés-filles. Et d'autres, en leur cabane isolée, dans les vallées d'entre les collines, étaient si pauvres qu'ils ne comptaient pas les jours et savaient à peine comment s'écoulait le temps, si bien qu'ils ne pouvaient dire avec certitude l'âge de leur bébé. Mais nous finissions toujours par connaître la vérité; il suffisait de les interroger longuement. Et ce travail était lent. Enfin nous trouvâmes, dans un village de dix maisons, une enfant, dans les vallons fruitiers à l'ouest d'Entat. Elle avait huit mois d'âge, si longues avaient été nos recherches. Mais elle était née la nuit où la Prêtresse des Tombeaux était morte, et dans l'heure même qui avait suivi sa mort. Et quel joli bébé c'était, assise sur les genoux de sa mère et nous regardant de ses yeux lumineux, nous tous entassés dans l'unique pièce de la maison comme des chauves-souris dans une grotte! Le père était un homme pauvre. Il entretenait les pommiers du verger du riche, et n'avait pour seul bien que cinq enfants et une chèvre. Même la maison n'était pas à lui. Donc, nous nous pressions tous dans cette pièce, et l'on pouvait voir, à la façon dont les prêtresses regardaient l'enfant et se parlaient entre elles, qu'elles pensaient avoir découvert enfin la Réincarnée. Et la mère le voyait aussi. Elle tenait l'enfant et ne disait mot. Et alors, le jour suivant, nous revînmes. Et, écoute bien! Le petit bébé aux yeux lumineux gisait dans un berceau d'osier, pleurant, criant, le corps tout entier couvert de marques rouges et d'éruption, et la mère gémissant plus fort que le bébé : *Ooh! Ooh! Les Doigts de la Sorcière sont sur ma petite!* C'était ainsi qu'elle appelait la variole. Dans mon village aussi, on disait les Doigts de la Sorcière. Mais Kossil, celle qui est maintenant la Grande Prêtresse du Dieu-Roi, alla jusqu'au berceau et prit le bébé dans ses bras. Les autres avaient reculé, et moi aussi; je n'attache pas à ma vie un très haut prix, mais qui pénétrerait dans une maison où sévit la variole? Mais celle-là n'avait pas peur, pas elle. Elle prit le bébé et dit : *Elle n'a pas de fièvre.* Et elle cracha sur son doigt et frotta les marques rouges, qui disparurent. Ce n'était que du jus de mûres. Cette pauvre folle de mère avait cru nous berner et garder son enfant! » Manan riait de bon cœur à cette pensée. Sa face jaune demeurait presque impassible, mais ses côtes se soulevaient. « Alors, son mari la battit, car il redoutait la colère des prêtresses. Et bientôt nous regagnâmes le désert; mais chaque année quelqu'un du Lieu retournait au village d'entre les pommiers, pour voir comment se portait l'enfant. Cinq années passèrent ainsi, puis Thar et Kossil effectuèrent le voyage, avec les gardes du Temple et les soldats au casque rouge que le Dieu-Roi avait envoyés comme escorte pour les protéger. Elles ramenèrent l'enfant ici; car elle était en vérité la Prêtresse des Tombeaux réincarnée, et ici était sa place. Et qui était cette enfant, eh, petite? »

– « Moi », dit Arha, détournant son regard vers le lointain comme pour voir quelque chose qu'elle ne pouvait apercevoir, une chose évanouie.

Une fois elle questionna : « Qu'a fait la... la mère, quand ils sont venus prendre l'enfant? »

Mais Manan ne le savait pas; il n'avait pas accompagné les prêtresses dans ce dernier voyage.

Et elle ne pouvait s'en souvenir. A quoi bon se rappeler? C'était passé, tout cela. Elle était parvenue là où elle devait arriver. Dans le monde entier, elle ne connaissait qu'un lieu : le Lieu des Tombeaux d'Atuan.

Au cours de la première année elle avait dormi dans le vaste dortoir avec d'autres novices, des fillettes entre quatre et quatorze ans. Même alors, Manan avait été désigné parmi les Dix Gardiens pour être son garde personnel; sa couche se trouvait dans une petite alcôve, en partie séparée du long dortoir aux poutres basses de la Grande Maison, où les filles gloussaient et chuchotaient avant de s'endormir, bâillaient et se tressaient les cheveux l'une l'autre dans la lumière grise du matin. Quand on lui prit son nom et qu'elle devint Arha, elle dormit seule dans la Petite Maison, dans le lit et la chambre qui seraient son lit et sa chambre pour le restant de sa vie. C'était sa maison, la Maison de l'Unique Prêtresse, et personne ne pouvait y entrer sans sa permission. Toute petite encore, elle aimait entendre les gens frapper humblement à sa porte, et dire : « Vous pouvez entrer », et cela l'ennuyait que les deux Grandes Prêtresses Kossil et Thar considèrent son autorisation comme une chose acquise et entrent sans frapper.

Les jours s'écoulaient, et les années, identiques. Les fillettes du Lieu des Tombeaux passaient leur temps à l'étude. Elles ne jouaient à aucun jeu. Il n'y avait pas de temps pour les jeux. Elles apprenaient les chants et les danses sacrés, les histoires des Terres Kargades et les mystères du dieu auquel elles étaient consacrées : le Dieu-Roi qui régnait sur Awabath, ou les Frères Jumeaux, Atwah et Wuluah. Mais Arha seule apprenait les rites des Innommables, et ils lui étaient enseignés par une seule personne, Thar, la Grande Prêtresse des Dieux Jumeaux. Cela l'éloignait des autres une heure ou davantage chaque jour, mais la plus grande part de ses journées, comme celle des autres, n'était vouée qu'au travail. Elles apprenaient à filer et tisser la laine de leurs troupeaux, à planter, récolter et préparer les aliments de tous les jours : lentilles, blé grossièrement concassé pour la bouillie ou réduit en fine farine pour faire du pain sans levain, oignons, choux, fromage de chèvre, pommes et miel.

La meilleure chose qui pût leur arriver était d'avoir la permission d'aller pêcher dans la rivière d'un vert fuligineux qui traversait le désert, à huit cents mètres au nord-est du Lieu; d'emporter une pomme ou une galette froide en guise de repas et de rester assises tout le jour dans la clarté sèche du soleil parmi les roseaux, à regarder courir l'eau verte et lente et changer doucement l'ombre des nuages sur les montagnes. Mais si l'on poussait des cris d'excitation quand la ligne se tendait, et que l'on ramenait un poisson plat et luisant qui venait tomber sur la rive avec un bruit mat et se noyer dans l'air, alors Mebbeth sifflait, telle une vipère : « Cessez ces glapissements idiots! » Mebbeth, servante du temple du Dieu-Roi, était une femme brune, encore jeune, mais dure et tranchante comme l'obsidienne. La pêche était sa passion. Il fallait rester en bons termes avec elle, ne jamais faire de bruit, sinon elle ne vous emmenait plus à la pêche; et dans ce cas on n'allait jamais à la rivière, sauf en été pour chercher de l'eau, quand les puits se tarissaient. C'était une besogne ennuyeuse que de parcourir huit cents mètres sous un ciel chauffé à blanc, emplir les deux seaux portés à l'aide d'une perche, puis remonter la colline aussi vite que possible jusqu'au Lieu. Les cent premiers mètres étaient aisés, mais ensuite les seaux se faisaient plus lourds, la perche vous brûlait les épaules comme une barre de fer ardente, la lumière aveuglait sur la route desséchée, et chaque pas était plus pénible et plus lent. Enfin l'on atteignait l'ombre fraîche de l'arrière-cour de la Grande Maison en traversant le potager, et on vidait les seaux dans l'énorme citerne avec force éclaboussures. Puis il fallait repartir et recommencer, encore et encore.

Dans l'enceinte du Lieu – c'était le seul nom qu'il possédait, car c'était le plus ancien et le plus sacré de tous les lieux des Quatre Contrées de l'Empire Kargade – vivaient environ deux cents personnes, et il s'y trouvait de nombreux bâtiments : trois temples, la Grande et la Petite Maison, le quartier des gardes eunuques; et, tout près de l'extérieur des murs, la caserne, ainsi qu'un grand nombre de cabanes où logeaient les esclaves, les entrepôts, la bergerie avec les moutons et les chèvres, et les bâtiments de la ferme. De loin, du haut des sèches collines de l'ouest où rien ne poussait que la sauge, l'herbe à fourrage en bouquets épars, et les plantes du désert, cela ressemblait à une petite ville. Même de très loin, sur les plaines orientales, on pouvait voir en levant les yeux le toit d'or du Temple des Dieux Jumeaux clignoter et scintiller au pied des montagnes comme un grain de mica dans une corniche rocheuse.

Le temple lui-même était un cube de pierre couverte d'un enduit blanc, sans fenêtres, avec un portail bas. Plus prétentieux, et plus neuf de quelques siècles, était le Temple du Dieu-Roi, un peu plus bas, avec un haut portique et une rangée d'épaisses colonnes blanches aux chapiteaux peints, chaque colonne faite d'un solide tronc de cèdre, arbres apportés par bateau de Hur-en-Hur, le pays des forêts, et traînés par les efforts de vingt esclaves, à travers les plaines dénudées, jusqu'au Lieu. Ce n'était qu'après avoir vu le toit d'or et les colonnes claires que le voyageur arrivant de l'est découvrait, plus haut sur la Colline du Lieu, dominant tous les autres, fauve et désolé comme le désert, le plus ancien des temples de sa race : l'immense et basse Salle du Trône, aux murs rapetassés, au dôme aplati et croulant.

Derrière la Salle, tout autour de la crête de la colline, courait une muraille de roche massive, construite sans mortier, à moitié écroulée par endroits. A l'intérieur de la boucle décrite par cette muraille, plusieurs pierres noires hautes de cinq à six mètres jaillissaient de terre comme autant de doigts gigantesques. Quand le regard les avait rencontrées, il y revenait sans cesse. Elles se dressaient là, riches de signification; et pourtant on ne pouvait dire ce qu'elles signifiaient! Il y en avait neuf. L'une était droite, les autres plus ou moins inclinées, deux gisaient à terre. Elles étaient incrustées de lichen gris et orangé comme des éclaboussures de peinture, à l'exception d'une seule, nue et noire, avec un éclat sourd. Elle était lisse au toucher, mais sur les autres, sous la croûte de lichen, on voyait ou plutôt l'on sentait avec les doigts de vagues gravures, formes, signes. Ces neuf pierres étaient les Tombeaux d'Atuan. Elles se dressaient là, disait-on, depuis le temps des premiers hommes, depuis la création de Terremer.

Elles avaient été plantées dans l'obscurité, alors que les terres s'élevaient des profondeurs de l'océan. Elles étaient beaucoup plus anciennes que les Dieux-Rois de Kargad, plus anciennes que les Dieux Jumeaux, plus anciennes que la lumière. C'étaient les tombeaux de ceux qui régnaient avant que naisse le monde des hommes, ceux qu'on ne nommait pas, et celle qui les servait n'avait pas de nom.

Elle ne s'y rendait pas souvent, et jamais nul autre ne posait le pied sur ce terrain, en haut de la colline, à l'intérieur de la muraille de roche qui s'élevait derrière la Salle du Trône. Deux fois par an, à la pleine lune la plus proche de l'équinoxe de printemps et d'automne, avait lieu un sacrifice devant le Trône et elle sortait par la porte basse de derrière la Salle, portant un grand bassin de cuivre rempli de sang de bouc fumant; ce sang, elle devait le verser, moitié au pied de la pierre noire debout, moitié sur l'une des pierres renversées enfoncées dans la terre rocailleuse, tachée par les offrandes sanglantes des siècles précédents.

Parfois Arha allait seule à l'aurore errer parmi les Pierres, essayant de déchiffrer les bosses et les traits confus des gravures, qui ressortaient mieux dans la lumière du soleil matinal; ou bien elle s'asseyait là et contemplait les monts à l'ouest, puis les toits et les murs du Lieu qui s'étalaient en dessous d'elle, et observait les premiers signes d'activité autour de la Grande Maison et des quartiers des gardes, et les troupeaux de chèvres et de moutons partant pour leurs maigres pâturages près de la rivière. Il n'y avait jamais rien à faire parmi les Pierres. Elle y allait seulement parce qu'elle en avait le droit, parce qu'elle y était seule. C'était un endroit lugubre. Même dans la chaleur de midi, dans l'été du désert, il semblait y faire froid. Parfois le vent sifflait un peu entre les deux pierres les plus rapprochées, penchées l'une vers l'autre comme pour se dire des secrets. Mais nul d'entre eux n'était révélé.

Du Mur des Tombeaux partait un autre mur de roche, plus bas, décrivant un long demi-cercle irrégulier autour de la Colline du Lieu puis se perdant en direction de la rivière. Il n'était pas tant destiné à protéger le Lieu qu'à le couper en deux : d'un côté les temples et les maisons des prêtresses et des gardes, de l'autre les quartiers des soldats et des esclaves qui cultivaient la terre, soignaient le bétail, récoltaient le fourrage pour le Lieu. Aucun d'eux ne franchissait jamais le mur, sauf les soldats de la garde, à l'occasion de certaines fêtes très sacrées, et les joueurs de trompe et de tambour qui suivaient la procession des prêtresses; mais ils ne franchissaient pas le portail des temples. Nul autre homme ne posait le pied dans l'enceinte du Lieu. Jadis il y avait eu des pèlerinages, des rois et des chefs venant des Quatre Contrées pour honorer ici leur culte; le premier Dieu-Roi, un siècle et demi auparavant, était venu célébrer les rites du temple à lui dédié. Pourtant même lui ne pouvait approcher les Pierres Tombales, même lui devait manger et dormir à l'extérieur du mur ceinturant du Lieu.

Il était assez facile d'escalader ce mur, en utilisant les fissures pour y poser les pieds. La Dévorée et une fillette appelée Penthe étaient assises au faîte de ce mur, un après-midi de fin de printemps. Elles avaient toutes les deux douze ans. Elles auraient dû être dans la salle de tissage de la Grande Maison, dans un immense attique de pierre; on les croyait devant les grands métiers toujours tendus de laine noire, tissant l'étoffe noire des robes. Elles s'étaient faufilées au-dehors pour boire au puits dans la cour, et à ce moment Arha avait dit : « Viens! » et avait conduit la fillette en bas de la colline, qu'elles avaient contournée pour qu'on ne puisse les apercevoir de la Grande Maison, courant jusqu'au mur. Maintenant, elles étaient assises sur son faîte, à trois mètres de haut, leurs jambes nues pendant à l'extérieur, scrutant les plaines unies qui s'étendaient à l'infini vers l'est et le nord.

« J'aimerais voir la mer », dit Penthe.

– « Pour quoi faire? » dit Arha, mâchant la tige amère d'une plante cueillie sur le mur. La terre aride avait fini de fleurir. Toutes les petites fleurs du désert, jaunes, roses et blanches, croissant bas et s'épanouissant vite, étaient sur le point de porter semence, éparpillant au vent de minuscules panaches et des ombrelles de cendre blanche, répandant leurs ingénieuses capsules à crochets. Le sol sous les pommiers du verger était un amoncellement de blanc et de rose meurtris. Les branches étaient vertes, les seuls arbres verts à des kilomètres autour du Lieu. Tout le reste, d'un horizon à l'autre, était d'une triste couleur fauve de désert, si ce n'était que les montagnes arboraient une nuance bleu argent à cause des premiers boutons de sauge.

– « Oh, je ne sais pas. J'aimerais simplement voir quelque chose de différent. C'est toujours pareil, ici. Il ne se passe rien. »

– « Tout ce qui se passe partout ailleurs commence ici », dit Arha.

– « Je sais... Mais j'aimerais voir un peu de ce qui se passe ! »

Penthe sourit. C'était une fillette douce à l'aspect tranquille. Elle racla les plantes de ses pieds nus contre les rochers chauffés par le soleil, et au bout d'un moment reprit : « Tu sais, je vivais près de la mer quand j'étais petite. Notre village était juste derrière les dunes, et nous avions coutume de descendre jouer sur la plage. Une fois, je me souviens, nous avons vu passer une flottille au large. Nous avons couru l'annoncer au village et tout le monde est venu voir. Les bateaux ressemblaient à des dragons aux ailes rouges. Quelques-uns avaient de vrais cous, avec des têtes de dragon. Ils arrivaient d'Atuan, mais ce n'étaient pas des vaisseaux kargades. Ils venaient de l'Ouest, des Contrées de l'Intérieur, dit le chef. Tous sont descendus les regarder. Je crois qu'ils craignaient les voir débarquer.

« Ils sont passés tout simplement, et personne ne savait où ils allaient. Peut-être faire la guerre en Karego-At. Mais, rends-toi compte, ils venaient réellement des Iles aux Sorciers, où tous les gens sont couleur de terre et peuvent tous te jeter un sort aussi facilement qu'on dit bonjour. »

– « Pas à moi », fit Arha avec véhémence. « Je ne les aurais pas regardés. Ce sont de vils sorciers maudits. Comment osent-ils naviguer si près de la Contrée Sacrée?

– « Oh, eh bien je suppose que le Dieu-Roi les vaincra un jour et en fera des esclaves. Mais je souhaiterais revoir la mer. Il y avait de petits poulpes dans les flaques, et si on leur criait *bou!*, ils devenaient tout blancs. Voilà ce vieux Manan qui te cherche. »

Le garde-servant d'Arha longeait lentement la partie interne de la muraille. Il se baissait pour arracher un oignon sauvage, dont il tenait une grosse botte flasque, puis se redressait et regardait autour de lui de ses petits yeux bruns et ternes. Il était devenu plus gras avec les années, et sa peau jaune imberbe luisait dans le soleil.

« Laisse-toi glisser du côté des soldats », souffla Arha, et les deux fillettes, agiles comme des lézards, se laissèrent pendre de l'autre côté du mur, et s'agrippèrent juste sous le faîte, invisibles de l'intérieur. Elles entendirent approcher le pas lent de Manan.

« Hou hou! Face de pomme de terre! » chantonna Arha, dans un chuchotis railleur faible comme le vent dans les herbes.

Le pas pesant s'arrêta. « Holà », fit une voix incertaine. « Petite? Arha? »

Silence.

Manan reprit son chemin.

– « Hou-ou! Face de pomme de terre! »

– « Hou, bedaine de pomme de terre! » murmura Penthe pour l'imiter, puis elle gémit, dans l'effort qu'elle faisait pour étouffer son rire.

– « Il y a quelqu'un? »

Silence.

– « Oh, très bien, très bien! » soupira l'eunuque, et ses pieds traînants continuèrent leur chemin. Quand il eut disparu derrière l'épaulement du talus, les fillettes regrimpèrent au faîte du mur. Penthe était rose de rire et de transpiration, mais Arha avait un air furieux.

« Ce stupide vieux bélier qui me suit partout! »

– « Il doit le faire », dit Penthe, d'un ton raisonnable. « C'est son travail, de veiller sur toi. »

– « Ceux que je sers veillent sur moi. Je leur suis agréable ; je n'ai besoin de l'être avec personne d'autre. Ces vieilles femmes et ces moitiés d'hommes, tous ces gens devraient me laisser tranquille. Je suis l'Unique Prêtresse ! »

Penthe fixa l'autre fillette. « Oh », dit-elle d'une voix faible, « je le sais, Arha... »

– « Alors ils devraient me laisser tranquille. Et ne pas me donner des ordres tout le temps ! »

Penthe ne dit rien pendant un moment, mais soupira, et resta assise à balancer ses jambes dodues et à contempler les vastes terres pâles en dessous, qui montaient si lentement vers un horizon haut, immense et vague.

– « C'est toi qui donneras des ordres bientôt, tu sais », dit-elle enfin d'un ton paisible. « Deux années encore et nous ne serons plus des enfants. Nous aurons quatorze ans. J'irai au Temple du Dieu-Roi, et les choses resteront à peu près les mêmes pour moi. Mais toi tu seras vraiment la Grande Prêtresse, à ce moment-là. Même Kossil et Thar devront t'obéir. »

La Dévorée ne dit rien. Son visage était tendu, son regard couronné de sourcils noirs reflétait la lumière du ciel en une pâle étincelle.

« Nous devrions rentrer », dit Penthe.

– « Non. »

– « Mais la maîtresse de tissage pourrait le dire à Thar. Et bientôt ce sera l'heure des Neuf Cantiques. »

– « Je reste ici. Toi aussi. »

– « Ils ne te puniront pas, mais moi si », dit Penthe, de son air paisible. Arha ne répondit pas. Penthe soupira, et resta. Le soleil sombrait dans la brume, au loin sur les plaines. Tout là-bas sur la terre en longue pente douce, les clochettes des moutons sonnaient faiblement et les agneaux bêlaient. Le vent printanier soufflait en sèches et légères rafales au doux parfum.

Les Neuf Cantiques étaient presque terminés quand les deux filles revinrent. Mebbeth les avait vues assises sur le Mur des Hommes et l'avait rapporté à sa supérieure, Kossil, Grande Prêtresse du Dieu-Roi.

Kossil était lourde de démarche et de visage. Sans aucune expression dans la voix ou sur la figure, elle demanda aux deux fillettes de la suivre. Elle les mena à travers les corridors de pierre de la Grande Maison, les fit sortir par la porte de devant, monter le tertre jusqu'au Temple d'Atwah et Wuluah. Là elle parla avec la Grande Prêtresse de ce temple, Thar, haute et sèche et maigre comme la patte d'un daim.

Kossil dit à Penthe : « Retire ta robe. »

Elle fouetta la fillette avec un faisceau de cannes de jonc, qui entamèrent un peu la peau. Penthe supporta cela patiemment, avec des larmes silencieuses. On la renvoya à la salle de tissage sans souper, et le jour suivant elle fut également privée de nourriture. « Si tu es à nouveau prise à grimper sur le Mur des Hommes », dit Kossil, « des choses bien pires que celle-ci t'arriveront. Comprends-tu, Penthe ? » La voix de Kossil était douce mais sans bienveillance. Penthe dit : « Oui » et s'esquiva, tremblante et tressaillant de douleur, car la lourde étoffe accrochait les coupures de son dos.

Arha avait assisté à la flagellation au côté de Thar. Maintenant elle regardait Kossil nettoyer les joncs du fouet.

Thar lui dit : « Il n'est pas séant qu'on vous voie grimper et courir avec les autres filles. Vous êtes Arha. »

Celle-ci resta morose et ne répondit pas.

« Il est préférable que vous ne fassiez que ce qui est nécessaire. »

L'espace d'un moment, la fillette leva les yeux vers le visage de Thar, puis de Kossil, et ils recélaient une profondeur de haine ou de rage terrible à voir. Mais la prêtresse maigre ne s'en montra guère affectée ; elle insista, se penchant un peu en avant et chuchotant presque : « *Vous êtes Arha.* Il n'y a plus rien d'autre. Tout a été dévoré. »

– « Tout a été dévoré », répéta la fillette, comme elle le répétait chaque jour, tous les jours de sa vie depuis qu'elle avait six ans.

Thar inclina légèrement la tête ; Kossil fit de même,

tout en rangeant le fouet. La fillette ne fit pas de signe de tête, mais fit demi-tour et partit, soumise.

Après le souper de pommes de terre et d'oignons de printemps, mangés en silence dans le réfectoire sombre et étroit, après avoir chanté les hymnes du soir et placé les mots sacrés sur les portes, et après le bref Rituel de l'Indicible, le travail de la journée était accompli. Maintenant les fillettes pouvaient monter au dortoir et jouer aux dés et aux jonchets, aussi longtemps que brûlait l'unique chandelle à mèche de jonc, et chuchoter dans le noir d'un lit à l'autre. Arha se mit en route, à travers les cours et les pentes du Lieu, comme chaque soir, vers la Petite Maison où elle dormait seule.

La brise nocturne était douce. Les étoiles du printemps brillaient, dures comme des pâquerettes dans les prés, comme le miroitement de la lumière sur la mer d'avril. Elle ne leva pas son regard.

« Holà, petite! »

– « Manan », dit-elle avec indifférence.

La grande ombre arriva à pas traînants auprès d'elle, la clarté des étoiles scintillant sur sa caboche chauve.

« As-tu été punie? »

– « Je ne puis être punie. »

– « Non... C'est ainsi... »

– « Elles ne peuvent pas me punir. Elles n'osent pas. »

Il se tenait là, ses grosses mains pendantes, silhouette confuse et massive. Elle sentit l'oignon sauvage et l'odeur de sueur et de sauge de sa vieille robe noire, déchirée à l'ourlet, et trop courte pour lui.

« Elles ne peuvent pas me toucher. Je suis Arha », dit-elle d'une voix aiguë et farouche; puis elle éclata en sanglots.

Les grandes mains qui attendaient se levèrent; il l'attira à lui et la serra doucement en caressant ses cheveux nattés. « Là, là. Petit rayon de miel, petite fille... » Elle entendait le murmure enroué dans la caverne profonde de sa poitrine, et elle s'accrocha à lui. Ses larmes cessèrent bientôt, mais elle s'agrippait à lui comme si elle ne pouvait tenir debout.

« Pauvre petite », chuchota-t-il, et il souleva l'enfant

pour l'emporter jusqu'au seuil de la maison où elle dormait seule. Il la posa à terre.

« Ça va à présent, petite? »

Elle hocha la tête, se détourna et pénétra dans la maison obscure.

III

LES PRISONNIERS

LES pas de Kossil résonnaient le long du corridor de la Petite Maison, égaux, mesurés. La haute et lourde silhouette remplit l'encadrement de la porte de la chambre, rapetissa quand la prêtresse mit un genou à terre, et augmenta quand elle se redressa.

« Maîtresse... »

– « Qu'y a-t-il, Kossil? »

– « Il m'a été permis, jusqu'à maintenant, de m'occuper de certaines choses appartenant au Domaine des Innommables. Si vous le désirez, il est temps à présent pour vous d'apprendre, de voir et de prendre soin de ces choses, que vous ne vous êtes pas encore rappelées en cette vie. »

La jeune fille était assise dans sa chambre dépourvue de fenêtres; elle était censée méditer, mais en réalité ne faisait rien et ne pensait presque à rien. Il fallut un certain temps pour que change l'expression figée, morose et hautaine de son visage. Pourtant elle changea sensiblement, bien qu'elle fît des efforts pour le cacher. Elle dit, avec une certaine malice : « Le Labyrinthe? »

– « Nous n'entrerons pas dans le Labyrinthe. Mais il sera nécessaire de traverser l'En-Dessous des Tombeaux. »

Il y avait dans la voix de Kossil un ton qui aurait pu être de la peur, ou une peur simulée, destinée à effrayer Arha. La jeune fille se leva sans hâte et dit avec indifférence : « Très bien. » Mais dans son cœur, tandis qu'elle suivait la lourde silhouette de la prêtresse du Dieu-Roi, elle exultait : « Enfin! Enfin! Je vais voir le domaine qui est mien, enfin! »

Elle avait quinze ans. Elle était passée à l'état de femme depuis plus d'un an et en même temps était entrée en possession de ses pleins pouvoirs, en tant qu'Unique Prêtresse des Tombeaux d'Atuan, la plus grande de toutes les grandes prêtresses des Contrées de Kargad, et à qui le Dieu-Roi lui-même ne pouvait donner d'ordre. Ils pliaient tous le genou devant elle à présent, même la sévère Thar et Kossil. Tous lui parlaient avec une déférence étudiée. Mais rien n'avait changé. Rien ne se produisait. Une fois terminées les cérémonies de sa consécration, les jours s'écoulèrent comme ils l'avaient toujours fait. Il y avait la laine à filer, l'étoffe noire à tisser, la farine à broyer, les rites à accomplir; les Neufs Cantiques devaient être chantés chaque soir, les seuils bénis, les Pierres nourries de sang de bouc deux fois l'an, les danses du noir de lune dansées devant le Trône Vide. Et toute l'année avait passé ainsi, exactement comme les années d'avant; toutes les années de sa vie devraient-elles donc passer ainsi?

L'ennui montait parfois si fort en elle qu'il ressemblait à de la terreur : il la prenait à la gorge. Il n'y avait pas longtemps, elle avait été poussée à en parler. Il le fallait, avait-elle pensé, sinon elle deviendrait folle. Ce fut à Manan qu'elle parla. L'orgueil l'empêchait de se confier aux autres filles, et la prudence de se confesser aux femmes plus âgées, mais Manan n'était rien qu'un vieux bélier fidèle; ce qu'elle lui disait n'avait aucune importance. A sa surprise il avait eu une réponse à lui fournir.

« Il y a longtemps », avait-il dit, « tu sais, petite, avant que nos quatre contrées ne s'unissent pour former un empire, avant qu'il y ait un Dieu-Roi pour régner sur nous tous, existait un grand nombre de petits rois, princes et chefs. Ils se chamaillaient sans cesse entre eux. Et ils venaient ici pour vider leurs querelles. C'était ainsi; ils arrivaient de notre terre d'Atuan, de Karego-At, d'Atnini, et même d'Hur-en-Hur, tous les chefs et les princes avec leurs serviteurs et leurs armées. Et ils demandaient ce qu'ils devaient faire. Et tu allais devant le Trône Vide, et leur transmettais les dires des Innommables. Oui, c'était il y a bien longtemps. Puis, les Prêtres-Rois vinrent gouverner Karego-At tout entier, et bientôt ils gouvernèrent Atuan; maintenant, depuis une durée égale à quatre ou cinq vies humaines, les Dieux-Rois règnent sur les quatre contrées unies, dont ils ont fait un empire. Et les choses ont changé. Le Dieu-Roi peut déposer les chefs rebelles et régler lui-même tous les différends. Et étant un dieu, tu vois, il n'a pas à consulter très souvent les Innommables. »

Arha s'arrêta pour réfléchir à cela. Le temps ne signifiait pas grand-chose, ici dans le désert, sous les Pierres immuables où l'on menait une vie qui avait toujours été la même depuis le commencement du monde. Elle n'était pas habituée à réfléchir aux choses qui changent, aux vieilles coutumes qui meurent et aux nouvelles qui surgissent. Elle ne trouvait pas rassurant de contempler les choses sous ce jour. « Les pouvoirs du Dieu-Roi sont bien moindres que les pouvoirs de Ceux que je sers », dit-elle, fronçant le sourcil.

– « Bien sûr... Bien sûr... Mais on ne va pas dire cela à un dieu, petit rayon de miel. Ni à sa prêtresse. »

Et, surprenant le regard de son petit œil brun et pétillant, elle pensa à Kossil, Grande Prêtresse du Dieu-Roi, qu'elle craignait depuis son premier jour dans le Lieu; et elle comprit alors ce qu'il voulait dire.

– « Mais le Dieu-Roi et son peuple négligent le culte des Tombeaux. Personne ne vient.

– « Il envoie des prisonniers pour les sacrifices. Cela, il ne le néglige pas. Non plus que les présents dus aux Innommables. »

– « Des présents! Son temple est peint de neuf chaque année, il y a sur l'autel cent kilos d'or, les lampes brûlent de l'essence de roses! Et regarde la Salle du Trône - les trous dans le toit, le dôme qui s'effondre, et les murs pleins de souris, de chouettes et de chauves-souris... Mais de toute façon il durera plus longtemps que le Dieu-Roi et tous ses temples, et tous les rois qui viendront après lui. Il était là avant eux, et quand ils auront disparu il sera toujours là. Il est le centre des choses. »

– « Il est le centre des choses! »

– « Il y a ici tant de richesses; Thar m'en parle quelquefois. Assez pour remplir plus de dix fois le temple du Dieu- Roi. De l'or et des trophées offerts il y a des siècles, une centaine de générations, qui sait combien de temps! Elles sont enfermées dans les puits et les caves, sous terre. On ne veut pas encore m'y mener, on me fait attendre et attendre. Mais je sais à quoi ça ressemble. Il y a des chambres sous la Salle, sous le Lieu tout entier, sous l'endroit où nous sommes en ce moment. C'est un immense dédale de tunnels, un Labyrinthe. C'est comme une grande et obscure cité sous la colline. Pleine d'or, d'épées des héros antiques et de vieilles couronnes, d'ossements, d'années et de silence. »

Elle parlait comme en transe, comme ravie. Manan l'observait. Sa face épaisse n'exprimait jamais grand-chose, sinon une tristesse paisible et attentive; et elle était en cet instant plus triste que d'ordinaire. « Eh bien, tout cela est à toi », dit-il. « Le silence, et l'obscurité. »

– « Oui. Mais on ne veut rien me montrer, à part les chambres au-dessus du sol, derrière le Trône. On ne m'a pas même montré les entrées des lieux souterrains; simplement parfois quelques mots marmonnés à ce sujet. On me tient à l'écart du domaine qui m'appartient! Pourquoi me fait-on attendre ainsi? »

– « Tu es jeune. Et, peut-être », dit Manan de son contralto enroué, « peut-être ont-elles peur, petite. Ce n'est pas leur domaine, après tout. C'est le tien. Elles sont en danger quand elles y pénètrent. Il n'est pas de mortel qui ne craigne les Innommables. »

Arha ne dit rien, mais ses yeux flamboyèrent. Encore une fois, Manan lui avait montré une nouvelle façon de voir les choses. Si formidables, si froides, si fortes soient-elles, Thar et Kossil lui avaient toujours semblé ne jamais pouvoir avoir peur. Pourtant Manan avait raison. Elles redoutaient ces lieux, ces puissances dont Arha faisait partie, auxquelles elle appartenait. Elles avaient peur d'aller dans ces endroits obscurs, peur d'être dévorées.

A présent, tandis qu'elle descendait avec Kossil les marches de la Petite Maison et gravissait le chemin ardu et sinueux qui menait à la Salle du Trône, ellc se rappelait cette conversation avec Manan, et exultait encore. Où qu'elles l'emmènent, quoi qu'elles lui montrent, elle n'aurait pas peur. Elle connaîtrait le chemin.

Un peu en retrait sur le sentier, Kossil parla. « L'un des devoirs de ma maîtresse, comme elle le sait, consiste dans le sacrifice de certains prisonniers, des criminels de haute naissance, qui par sacrilège ou trahison ont péché contre notre seigneur le Dieu-Roi. »

– « Ou contre les Innommables », dit Arha.

– « Il est vrai. Toutefois, il n'est pas séant que la Dévorée accomplisse ce devoir alors qu'elle est encore enfant. Mais ma maîtresse n'est plus une enfant. Il y a des prisonniers dans la Chambre des Chaînes, envoyés il y a un mois de cela par la grâce de notre seigneur le Dieu-Roi depuis sa cité d'Awabath. »

– « Je ne savais pas que des prisonniers étaient arrivés. Pourquoi ne l'ai-je pas su? »

– « Les prisonniers sont amenés de nuit, et en secret, de la manière prescrite jadis dans le rituel des Tombeaux. C'est ce même secret qu'observera ma maîtresse, si elle prend le chemin qui longe le mur. »

Arha quitta le sentier pour suivre le grand mur de pierre qui limitait les Tombeaux derrière la salle en dôme. Les roches dont il était construit étaient massives; la moindre d'entre elles pesait plus lourd qu'un homme, et les plus grosses avaient la taille d'un chariot. Bien que non taillées, elles étaient assemblées et ajustées avec soin. Cependant, par endroits un pan de mur avait glissé, et les roches gisaient en tas informe. Seul un long espace de temps avait pu produire ce résultat, des siècles de jours ardents et de nuits glacées du désert, des mouvements imperceptibles des collines elles-mêmes, depuis des millénaires.

« Il est très facile d'escalader le Mur des Tombeaux », dit Arha alors qu'elles longeaient la muraille.

– « Nous n'avons pas assez d'hommes pour le reconstruire », répondit Kossil.

– « Nous en avons suffisamment pour le garder. »

– « Ce ne sont que des esclaves. On ne peut leur faire confiance. »

– « On peut leur faire confiance s'ils ont peur. Que le châtiment soit le même pour eux que pour l'étranger à qui ils auront permis de fouler le sol sacré dans l'enceinte du mur. »

– « Quel sera ce châtiment ? » Kossil ne l'interrogeait pas pour connaître la réponse. C'est elle qui avait enseigné cette réponse à Arha, il y avait longtemps. « Etre décapité devant le Trône. »

– « Est-ce la volonté de ma maîtresse qu'un garde soit posté sur le Mur des Tombeaux ? »

– « Oui », répondit la jeune fille. A l'intérieur des longues manches noires, ses doigts se crispèrent dans son exaltation. Elle savait que Kossil ne désirait pas céder un esclave pour cette besogne de surveillance ! Et c'était en fait une besogne inutile, car quels étrangers s'aventuraient jamais ici ? Il était peu probable que quiconque rôdât, par accident ou dans un but arrêté, dans un rayon d'un kilomètre autour du Lieu sans qu'on le vît ; et il n'arriverait sans doute jamais près des Tombeaux. Mais y poster un garde, c'était un honneur qui leur était dû, et Kossil ne pouvait guère y opposer d'argument. Elle devait obéir à Arha.

« Ici », annonça sa voix froide.

Arha s'arrêta. Elle avait souvent suivi ce sentier qui faisait le tour du Mur des Tombeaux, et le connaissait comme elle connaissait chaque pouce du Lieu, chaque rocher, chaque épine et chaque chardon. Le grand mur de rocher se dressait, trois fois haut comme elle, sur la gauche ; sur la droite, la colline s'inclinait jusqu'à la vallée aride et peu profonde, qui bientôt montait à nouveau vers les contreforts de la chaîne occidentale. Elle inspecta le terrain tout autour d'elle et n'y vit rien qu'elle n'eût déjà vu auparavant.

« Sous les roches rouges, maîtresse. »

A quelques mètres en bas du versant, un affleurement de lave rouge marquait comme un degré ou une petite falaise dans la colline. Quand elle fut descendue jusque-là et se tint à ce niveau, face aux rochers, Arha s'aperçut qu'ils ressemblaient à une porte grossière, haute de quatre pieds.

« Que faut-il faire? »

Elle avait appris depuis longtemps que dans les lieux sacrés il ne servait à rien d'essayer d'ouvrir une porte si l'on ne connaissait pas le secret de son ouverture.

« Ma maîtresse possède toutes les clés des places obscures. »

Depuis les rites qui avaient présidé à sa majorité, Arha portait à sa ceinture un anneau de fer auquel étaient suspendues une petite dague et treize clés, certaines longues et lourdes, d'autres petites comme des hameçons. Elle souleva l'anneau et déploya les clés. « Celle-ci », dit Kossil en tendant le doigt; puis elle plaça son index épais sur une fissure entre deux surfaces rocheuses rouges et grêlées.

La clé, une longue tige de fer avec deux dents ouvragées, pénétra dans la fissure. Arha la tourna vers la gauche, en se servant de ses deux mains, car la serrure était dure; pourtant la clé tourna sans difficulté.

« Et maintenant? »

– « Ensemble... »

Ensemble elles poussèrent la surface de roche rugueuse, à gauche de la serrure. Pesamment, mais sans accroc ni bruit, une partie irrégulière du rocher rouge glissa vers l'intérieur, livrant une étroite ouverture. Au-dedans, c'était le noir.

Arha se baissa et entra.

Kossil, femme lourde aux vêtements lourds, dut comprimer son corps pour franchir la fente étroite. Dès qu'elle fut à l'intérieur, elle appuya le dos contre la porte et, avec effort, la referma.

C'était le noir absolu. Aucune lumière. L'obscurité semblait peser comme un feutre humide sur les yeux ouverts.

Elles s'accroupirent, presque pliées en deux, car l'endroit où elles se trouvaient n'avait guère plus d'un mètre de haut, et était si étroit que les mains tâtonnantes d'Arha touchaient en même temps la roche moite à droite et à gauche.

« As-tu apporté une lampe? »

Elle chuchotait, comme on le fait dans les ténèbres.

– « Je n'ai pas apporté de lampe », répondit Kossil derrière elle. Elle aussi baissait la voix, mais celle-ci sonnait bizarrement, comme si elle avait souri. Et Kossil ne souriait jamais. Le cœur d'Arha fit un bond; le sang battit dans sa gorge. Elle se dit à elle-même, farouchement : « Ce lieu est à moi, c'est ici ma place, je n'aurai pas peur! »

Mais elle ne dit rien. Elle se mit à avancer; il n'y avait qu'une seule voie. Elle allait vers l'intérieur de la colline, puis descendait.

Kossil la suivait, respirant péniblement, ses habits raclant la roche et la terre.

D'un seul coup la voûte s'élevait : Arha put se redresser, et en étendant les mains elle ne sentait plus les murs. L'air, qui était rare, et sentait la terre, effleurait son visage d'une moiteur plus fraîche, et de légers mouvements donnaient l'impression d'une grande étendue. Arha avança de quelques pas prudents dans l'obscurité totale. Un caillou, glissant sous sa sandale, en heurta un autre, et ce bruit infime éveilla des échos, de nombreux échos, ténus, lointains, encore plus lointains. La caverne devait être immense, haute et large, mais non point vide : quelque chose dans ses ténèbres, les surfaces d'objets invisibles ou des cloisons, brisait l'écho en des milliers de fragments.

« Nous devons être ici sous les Pierres », dit Arha dans un souffle, et son murmure coula dans la noirceur caverneuse et s'érailla en filaments de son ténus comme une toile d'araignée, qui s'accrochaient longtemps à l'oreille.

– « Oui. Ceci est l'En-Dessous des Tombeaux. Continuez. Je ne puis rester ici. Suivez le mur à gauche. Passez trois ouvertures. »

Le chuchotement de Kossil était sifflant (et les légers échos sifflaient derrière lui). Elle avait peur, elle avait bel et bien peur. Elle n'aimait pas se trouver ici parmi les Innommables, dans leurs Tombeaux, dans leurs caveaux, dans les ténèbres. Ce lieu ne lui appartenait pas, elle n'y avait pas sa place.

– « Je viendrai ici avec une torche », dit Arha, se guidant à tâtons le long du mur de la caverne, et s'étonnant des formes étranges du rocher, des eaux, des renflements, des courbes et des angles délicats, ici rugueux comme la guipure, là lisses comme le cuivre : sûrement de la gravure. Peut-être la caverne tout entière était-elle l'œuvre de sculpteurs des temps anciens.

– « La lumière est interdite ici ». Le murmure de Kossil était tranchant. A l'instant même, Arha sut que cela devait être ainsi. C'était ici le royaume des ténèbres, le tréfonds de la nuit.

A trois reprises ses doigt rencontrèrent une brèche dans la complexe ténèbre rocheuse. La quatrième fois, elle mesura à tâtons la hauteur et la largeur de l'ouverture, et la franchit. Kossil suivit.

Dans ce tunnel, qui remontait en pente faible, elles dépassèrent une ouverture sur la gauche, puis à un embranchement prirent à droite : tout cela en tâtonnant, à l'aveuglette dans le silence des entrailles de la terre. Dans un paysage comme celui-là, il fallait presque constamment étendre les mains pour toucher les deux parois, de peur de manquer une des ouvertures, ou de ne pas remarquer une bifurcation. Le toucher était le seul guide; on ne pouvait voir son chemin, on le tenait entre ses mains.

« Est-ce le Labyrinthe? »

– « Non. C'est le petit dédale sous le Trône. »

– « Où est l'entrée du Labyrinthe? »

Arha appréciait ce jeu dans le noir, et désirait qu'on lui donne à résoudre un rébus plus important.

– « La deuxième ouverture que nous avons dépassée dans l'En-Dessous des Tombeaux. Cherchez à présent une porte sur la droite, une porte en bois, peut-être l'avons-nous déjà dépassée... »

Arha entendit les mains de Kossil errer fébrilement sur la paroi, s'égratignant à la roche rude. Elle effleura le roc du bout des doigts, et l'instant d'après sentit le grain lisse du bois en dessous. Elle appuya, et la porte s'ouvrit sans difficulté, en grinçant. Elle demeura un moment aveuglée par la lumière.

Elles pénétrèrent dans une pièce large et basse, aux murs en pierre de taille, éclairée par une torche fumeuse suspendue à une chaîne. L'endroit était infesté par la fumée de la torche qui ne trouvait pas d'issue. Les yeux d'Arha lui piquaient et larmoyaient.

« Où sont les prisonniers? »

– « Ici. »

Elle finit par s'apercevoir que les trois espèces d'amas à l'autre bout de la pièce étaient des hommes.

« La porte n'est pas verrouillée. Il n'y a pas de garde? »

– « Ce n'est pas nécessaire. »

Elle alla un peu plus avant, hésitante, scrutant la pièce à travers la brume de fumée. Les prisonniers étaient attachés par les deux chevilles et un poignet à de grands anneaux rivés à la muraille rocheuse. Si l'un d'eux voulait s'allonger, il devait garder levé son bras enchaîné, suspendu à la menotte. Leurs cheveux et leur barbe formaient une broussaille emmêlée qui, jointe à l'ombre, cachait leur visage. L'un d'eux était à demi étendu, l'autre assis et le dernier accroupi. Ils étaient nus. L'odeur qui émanait d'eux était plus forte encore que celle de la fumée âcre.

L'un d'eux paraissait observer Arha; elle crut avoir vu luire ses yeux, puis n'en fut plus certaine. Les autres n'avaient ni bougé ni levé la tête.

Elle se détourna. « Ce ne sont plus des hommes », dit-elle.

– « Ils ne l'ont jamais été. C'étaient des démons, des esprits bestiaux, qui complotaient contre la vie sacrée du Dieu-Roi! » Les yeux de Kossil brillaient de la lueur rougeâtre de la torche.

Arha regarda à nouveau les prisonniers, terrifiée mais curieuse. « Comment un homme peut-il attaquer un Dieu? Comment cela s'est-il fait? Toi : comment as-tu pu oser attaquer un dieu vivant? »

L'homme interrogé la fixa à travers la broussaille noire de ses cheveux, mais ne dit rien.

– « On leur a coupé la langue avant de les conduire d'Awabath jusqu'ici », dit Kossil. « Ne leur parlez pas, maîtresse. C'est vous souiller. Ils vous appartiennent, mais vous ne devez ni leur parler, ni les regarder, ni penser à eux. Ils vous appartiennent pour que vous les donniez aux Innommables. »

– « De quelle manière doivent-ils être sacrifiés? »

Arha ne regardait plus les prisonniers. Elle préférait faire face à Kossil, dont le corps massif et la voix froide lui donnaient de la force. La tête lui tournait, la puanteur de la fumée et de la saleté la rendait malade, et cependant elle semblait penser et parler avec un calme parfait. N'avait-elle pas fait cela bien des fois auparavant?

– « La Prêtresse des Tombeaux est celle qui sait le mieux quelle sorte de mort plaira le plus à ses Maîtres, et c'est à elle de choisir. Il existe nombre de manières. »

– « Que Gobar, le capitaine des gardes, leur tranche la tête. Et que le sang soit répandu devant le Trône. »

– « Comme pour un sacrifice de boucs? » Kossil paraissait railler son manque d'imagination. Arha resta muette. Kossil reprit : « En outre, Gobar est un homme. Nul homme ne peut entrer dans les Lieux Obscurs des Tombeaux, ma maîtresse s'en souvient sûrement. S'il y entre, il n'en ressort pas... »

– « Qui les a conduits ici? Qui les nourrit? »

– « Les gardiens attachés à mon temple, Duby et Uahto : ce sont des eunuques et ils ont le droit d'entrer ici pour servir les Innommables, tout comme moi. Les soldats du Dieu-Roi ont abandonné les prisonniers ligotés à l'extérieur du mur, et les gardiens et moi les avons amenés par la Porte des Prisonniers, la porte dans les roches rouges. Il en est toujours ainsi. La nourriture et l'eau sont descendues par une trappe dans l'une des salles, derrière le Trône. »

Arha leva les yeux et vit, près de la chaîne à laquelle était suspendue la torche, un carré de bois dans le plafond de pierre. Il était beaucoup trop petit pour qu'un homme pût s'y glisser, mais par ce moyen on pouvait faire descendre une corde jusqu'au prisonnier central. Elle détourna une nouvelle fois les yeux, précipitamment.

– « Qu'on ne leur apporte plus ni eau ni nourriture, dans ce cas. Qu'on laisse s'éteindre la torche. »

Kossil s'inclina. « Et les corps, quand ils seront morts ? »

– « Que Duby et Uahto les enterrent dans la grande caverne que nous avons traversée, l'En-Dessous des Tombeaux », dit la jeune fille, dont la diction s'était faite rapide et aiguë. « Ils devront le faire dans les ténèbres. Mes Maîtres mangeront les cadavres. »

– « Ce sera fait. »

– « Est-ce bien ainsi, Kossil ? »

– « C'est bien, Maîtresse. »

– « Alors, partons », dit Arha, d'une voix stridente. Elle fit demi-tour, se hâta vers la porte en bois, et quitta la Chambre des Chaînes pour la noirceur du tunnel, qui lui parut douce et sereine comme une nuit sans étoiles, silencieuse, même sans rien à voir, sans lumière, sans vie. Elle plongea dans cette obscurité si pure, la traversa rapidement comme un nageur traverse l'onde. Kossil pressait le pas derrière elle, de plus en plus distancée, le souffle court, le pas pesant. Sans hésitation, Arha suivit le chemin par lequel elles étaient venues, prenant les mêmes tournants ou évitant les mêmes pièges longea l'En-Dessous des Tombeaux, vaste et empli d'échos et se glissa, courbée en deux, dans le dernier long tunnel qui montait vers la porte de roc close. Là, elle s'accroupit et chercha la longue clé sur l'anneau qui pendait à sa taille. Elle la trouva, mais ne put repérer la serrure. Il n'y avait pas une pointe de lumière dans le mur invisible devant elle, que ses doigts parcoururent à tâtons, cherchant un verrou, une serrure ou une poignée, et ne rencontrant rien. Où fallait-il introduire la clé? Comment pouvait-elle sortir?

« Maîtresse! »

La voix de Kossil, amplifiée par les échos, retentit, sifflante, loin derrière elle.

« Maîtresse, la porte ne s'ouvre pas de l'intérieur. On ne peut pas sortir. Il n'est pas possible de revenir en arrière. »

Arha se blottit contre le rocher. Elle ne dit rien.

« Arha! »

– « Je suis ici. »

– « Venez! »

Elle rampa sur les mains et les genoux tout au long du passage, comme un chien, jusqu'aux jupes de Kossil.

« A droite. Vite! Je ne dois pas m'attarder ici. Ce n'est pas ma place. Suivez-moi. »

Arha se releva, et s'accrocha à la robe de Kossil. Elles avancèrent, suivirent la paroi étrangement gravée de la caverne sur la droite durant une longue distance, puis franchirent une brèche noire dans les ténèbres. Elles montaient à présent dans des tunnels, par des escaliers. La jeune fille s'agrippait toujours à la robe de la femme. Ses yeux étaient clos.

Puis elle perçut une lumière, rouge au travers de ses paupières. Elle pensa qu'elle était à nouveau dans la pièce éclairée par une torche, pleine de fumée. Mais l'air avait une senteur douceâtre, sèche et rance, une senteur familière; et ses pieds s'appuyaient sur un escalier raide, presque une échelle. Elle lâcha la robe de Kossil, et regarda. Une trappe s'ouvrait au-dessus de sa tête. Elle y grimpa derrière Kossil. Elle déboucha dans une pièce à l'aspect familier, une petite cellule de pierre renfermant quelques coffres et des boîtes en fer dans le dédale de chambres derrière la Salle du Trône. La lumière du jour, grisâtre, chatoyait faiblement dans le corridor, derrière la porte.

« L'autre porte, la Porte des Prisonniers, ne conduit qu'aux tunnels. Elle ne mène pas dehors. La seule issue est celle-ci. S'il en existe une autre, je ne la connais pas, et Thar non plus. Il vous faudra la découvrir seule, s'il en existe une. Mais je ne le pense pas. » Kossil parlait toujours à mi-voix, avec une sorte de rancœur. Son visage épais, sous le capuchon noir, était pâle et mouillé de sueur.

– « Je ne me rappelle plus les tournants à prendre pour sortir par ici. »

– « Je vous le dirai. Une seule fois. Ensuite vous devrez vous en souvenir. La prochaine fois, je ne viendrai pas avec vous. Ma place n'est pas ici. Il vous faut venir seule. »

La jeune fille hocha la tête. Elle leva son regard sur le visage de son aînée, et songea qu'il avait un air singulier, pâle d'une peur à peine maîtrisée et pourtant triomphant, comme si Kossil se fût délectée du spectacle de sa faiblesse.

– « Je viendrai seule désormais », dit Arha, puis, comme elle tentait de faire demi-tour, elle sentit ses jambes se dérober et vit la pièce tournoyer. Elle s'évanouit, petit amas noir aux pieds de la prêtresse.

« Vous apprendrez », dit Kossil, le souffle encore court, debout, immobile. « Vous apprendrez. »

IV

SONGES ET RÉCITS

ARHA fut malade plusieurs jours durant. On la soigna pour la fièvre. Elle restait au lit, ou bien s'asseyait dans la douce lumière du soleil automnal sur la galerie de la Petite Maison, et contemplait les collines occidentales. Elle se sentait faible et stupide. Les mêmes idées se présentaient à elle, encore et encore. Elle avait honte de s'être évanouie. On n'avait pas posté de garde sur le Mur des Tombeaux, mais maintenant elle n'oserait plus jamais en parler à Kossil. Elle ne voulait plus la voir : jamais plus. Parce qu'elle avait honte de s'être évanouie.

Souvent, au soleil, elle réfléchissait sur la façon de se comporter la prochaine fois qu'elle irait dans les lieux obscurs, sous la colline. Elle songea plusieurs fois à la mort qu'elle ordonnerait pour le prochain groupe de prisonniers, plus raffinée, plus appropriée aux rites du Trône Vide.

Chaque nuit, dans le noir, elle se réveillait en hurlant : « Ils ne sont pas encore morts! Ils continuent à mourir! »

Elle rêvait beaucoup. Elle rêvait qu'il lui fallait faire cuire de la nourriture, d'immenses chaudrons pleins de bouillie savoureuse, et tout déverser dans un trou dans le sol. Qu'elle devait porter une pleine jatte d'eau, une profonde jatte de cuivre, à travers l'obscurité, à quelqu'un qui avait soif. Elle ne pouvait jamais arriver jusqu'à cette personne. Elle s'éveillait, et elle avait soif elle-même, mais n'allait pas chercher à boire. Elle restait étendue, les yeux ouverts, dans la chambre sans fenêtres.

Un matin Penthe vint la voir. De la galerie, Arha la vit s'approcher de la Petite Maison avec un air détaché, hésitant, comme si elle se trouvait simplement là par le hasard d'une promenade. Si Arha n'avait pas parlé, elle n'aurait pas gravi les marches. Mais Arha était seule, et elle parla.

Penthe fit la profonde révérence exigée de tous ceux qui approchaient la Prêtresse des Tombeaux, puis s'affala sur les marches aux pieds d'Arha en émettant un son qui ressemblait à « Pffff! » Elle était devenue grande et dodue; à la moindre occasion, elle devenait rouge cerise, et pour le moment elle était rouge d'avoir marché.

« J'ai entendu dire que tu étais malade. J'ai mis quelques pommes de côté pour toi. » De dessous sa volumineuse robe noire, elle fit soudain jaillir un filet de jonc contenant six ou huit pommes jaunes et parfaites. Elle était maintenant consacrée au service du Dieu-Roi, et servait dans son temple, sous les ordres de Kossil; mais elle n'était pas encore prêtresse, et participait toujours aux leçons et aux corvées avec les novices. « Poppe et moi avons trié les pommes cette année, et j'ai gardé les meilleures. Elles font toujours sécher les bonnes. Bien sûr, elles se conservent mieux, mais ça paraît un tel gâchis! N'est-ce pas qu'elles sont jolies? »

Arha toucha la peau de satin or pâle des pommes, regarda les tiges, auxquelles s'accrochaient encore délicatement des feuilles brunes. « Oui, elles sont jolies. »

– « Prends-en une », dit Penthe.

– « Pas maintenant. Mais toi, prends-en une. »

Penthe choisit la plus petite, par politesse, et la mangea en quelque dix bouchées juteuses, avec adresse et concentration.

– « Je pourrais manger toute la journée », dit-elle. « Je n'en ai jamais assez. J'aimerais être cuisinière plutôt que prêtresse. Je ferais la cuisine mieux que cette vieille taupe de Nathabba; et, de plus, j'irais lécher les marmites... Oh, es-tu au courant, pour Munith? Elle était censée astiquer ces vases de cuivre dans lesquels on conserve l'huile de rose, tu sais, ces espèces de jarres longues et minces avec des bouchons. Elle a cru qu'elle devait aussi nettoyer l'intérieur, alors elle y a fourré sa main, entourée d'un chiffon, tu sais, et ensuite elle ne pouvait plus la retirer. Elle a fait tellement d'efforts que son poignet est devenu tout enflé et tuméfié, tu vois, si bien qu'elle était réellement coincée. Et elle galopait dans tous les dortoirs en hurlant : " Je ne peux pas la retirer! Je ne peux pas la retirer! " Et Punti est tellement sourd qu'il a cru qu'il y avait le feu, et il s'est mis à glapir pour ameuter les autres gardiens, afin qu'ils viennent au secours des novices. Uahto, qui était en train de traire, est sorti en courant de l'étable pour voir ce qui se passait, laissant la porte ouverte, et toutes les chèvres laitières se sont sauvées, et sont arrivées au galop dans la cour, bousculant Punti, les gardiens et les petites filles; et Munith qui agitait son vase en cuivre au bout de son bras, en pleine crise d'hystérie; c'était une vraie pagaille, quand Kossil est descendue du temple. Et elle disait : " Qu'est ceci? Qu'est ceci? " »

Le joli visage rond de Penthe fit une moue répugnante, très différente de l'expression froide de Kossil, et pourtant si ressemblante qu'Ahra explosa d'un rire nerveux presque terrifié.

« " Qu'est ceci? Qu'est donc tout ceci? ", disait Kossil. Et alors... et alors la chèvre brune lui a donné un coup de *corne...* » Penthe fondait de rire, des larmes jaillissaient de ses yeux. « Et M... Munith a frappé la... la chèvre avec le v-v-vase... »

Les deux jeunes filles se balançaient d'avant en arrière, crispées de rire, se tenant les genoux et s'étranglant.

« Et Kossil s'est retournée et a dit : " Qu'est ceci? Qu'est ceci? " à la... à la... à la chèvre... » La fin du récit se perdit dans les rires. Penthe finalement s'essuya les yeux et le nez et entama distraitement une autre pomme.

D'avoir ri tellement fort, Arha se sentait un peu chancelante. Elle se calma, et au bout d'un moment demanda : « Comment es-tu arrivée ici, Penthe? »

– « Oh, je suis la sixième fille qu'ont eue mon père et ma mère, et ils ne pouvaient pas en élever autant ni les marier toutes. Alors, quand j'ai eu sept ans, ils m'ont conduite au temple du Dieu-Roi et m'ont vouée à lui. C'était à Ossawa. Ils avaient trop de novices là-bas, je suppose, car ils m'ont bien vite envoyée ici. Ou peut-être ont-ils pensé que je ferai une prêtresse exceptionnelle. Mais, là-dessus, ils se trompaient! » Penthe mordit dans sa pomme, mi-triste, mi-gaie.

– « Aurais-tu préféré ne pas être prêtresse? »

– « Si j'aurais préféré! Et comment! J'aurais mieux aimé épouser un porcher et vivre dans une fosse. J'aurais mieux aimé n'importe quoi que d'être enterrée vive ici pour le restant de mes jours avec un tas de bonnes femmes, dans ce sacré désert où il ne vient jamais personne! Mais les regrets ne servent à rien, car maintenant j'ai été consacrée et je suis coincée. Mais j'espère bien que dans une prochaine vie je serai danseuse à Awabath! Je l'aurai bien gagné! »

Arha baissa sur elle un regard sombre et attentif. Elle ne comprenait pas. Elle avait le sentiment de n'avoir encore jamais vu Penthe, de ne l'avoir jamais regardée ni vue, ronde, pleine de vie et de sève comme une de ses pommes dorées, si belle.

– « Le Temple ne signifie-t-il donc rien pour toi? » interrogea-t-elle, avec une certaine sévérité.

Penthe, cependant toujours soumise et facilement intimidée ne s'alarma pas, cette fois. « Oh, je sais que tes Maîtres ont beaucoup d'importance pour toi », dit-elle avec une indifférence qui choqua Arha. « Cela se comprend, de toute façon, car tu es leur servante personnelle. Tu n'as pas simplement été consacrée, tu es née pour cela. Mais regarde-moi. Suis-je obligée d'éprouver une telle crainte, et tout le reste, envers le Dieu-Roi? Après tout, ce n'est qu'un homme, même s'il vit à Awabath dans un palais long de vingt kilomètres, avec des toits en or. Il a environ cinquante ans, et il est chauve. Tu peux le voir sur toutes ses statues. Et je te parie qu'il doit se couper les ongles des orteils, comme n'importe quel autre homme. Je sais parfaitement qu'il est aussi un dieu. Mais mon opinion est qu'il sera beaucoup plus divin après sa mort. »

Arha était de l'avis de Penthe, car en secret elle en était arrivée à considérer ceux qui se faisaient appeler les Divins Empereurs de Kargad comme des parvenus, des faux dieux tentant de s'accaparer l'adoration due aux vraies et éternelles Puissances. Mais il y avait sous les paroles de Penthe quelque chose qu'elle ne pouvait admettre, quelque chose d'entièrement neuf pour elle, et de terrifiant. Elle n'avait pas compris jusqu'ici à quel point les gens étaient différents, à quel point différente leur façon de voir la vie. C'était comme si elle venait de découvrir soudain en levant les yeux une nouvelle planète immense et très peuplée, juste derrière la fenêtre, un monde entièrement étranger, où les dieux n'avait pas d'importance. Effrayée par la force de l'impiété de Penthe, elle dit :

– « C'est vrai. Mes Maîtres sont morts depuis très très longtemps et ils n'ont jamais été des hommes... Sais-tu, Penthe, que je pourrais te faire entrer au service des Tombeaux ? » Elle parlait avec affabilité, comme si elle eût offert à son amie une meilleure solution.

Le rose s'effaça d'un coup des joues de Penthe.

– « Oui », dit-elle, « tu le pourrais. Mais je ne suis pas... je ne suis pas celle qu'il faut pour cette tâche. »

– « Pourquoi ? »

– « J'ai peur de l'obscurité », fit Penthe à voix basse.

Arha laissa échapper une petite exclamation de mépris, mais elle était satisfaite. Elle savait ce qu'elle voulait savoir. Penthe ne croyait peut-être pas au dieux, mais elle craignait les puissances innommables des ténèbres – comme toute âme mortelle.

– « Je ne le ferai pas si tu n'en as pas envie, tu sais », dit Arha.

Un long silence s'établit entre elles.

– « Tu ressembles de plus en plus à Thar », fit Penthe, de sa douce voix rêveuse. « Dieu merci, tu ne ressembles pas à Kossil! Mais tu es si forte! Je souhaiterais l'être aussi. Mais je n'aime que manger... »

– « Continue », dit Arha, supérieure et amusée, et Penthe croqua lentement une troisième pomme, jusqu'au trognon.

Les exigences des interminables rites du Lieu firent sortir Arha de sa retraite quelques jours plus tard. Des chevreaux jumeaux étaient nés en dehors de la saison, et ils devaient être sacrifiés aux Dieux Jumeaux comme c'était la coutume : cérémonie importante, à laquelle la Première Prêtresse devait être présente. C'était le noir de lune, et les rites des ténèbres devaient s'accomplir devant le Trône Vide. Arha respira les fumées narcotiques des herbes brûlant dans de larges corbeilles de bronze devant le Trône, et dansa, solitaire, tout en noir. Elle dansa pour les esprits invisibles des morts et des non-nés et, tandis qu'elle dansait, les esprits se pressaient autour d'elle, suivant les virevoltes de ses pieds et les gestes lents et sûrs de ses bras. Elle chanta les cantiques dont nul homme ne comprenait les paroles, qu'elle avait apprises syllabe par syllabe de Thar, il y avait longtemps. Un chœur de prêtresses cachées dans l'obscurité derrière la double rangée de colonnes répétait les mots étranges après elle, et l'air dans la vaste salle en ruine était bourdonnant de voix, comme si les esprits en foule eussent répété les cantiques à l'infini.

Le Dieu-Roi d'Awabath n'envoya plus de prisonniers au Lieu et Arha cessa peu à peu de rêver aux trois hommes depuis longtemps morts et enterrés dans des tombes peu profondes, dans l'immense caverne sous les Pierres Tombales.

Elle rassembla tout son courage pour retourner à cette caverne. Il lui fallait le faire : la Prêtresse des Tombeaux devait être capable de pénétrer dans le domaine qui était sien sans terreur, et de connaître ses voies.

La première fois qu'elle entra, elle eut du mal à tirer la trappe; mais pas autant qu'elle le craignait. Elle s'était si bien disciplinée à cette fin, était si déterminée à y aller seule et à garder son sang-froid que, lorsqu'elle arriva, elle fut presque consternée de découvrir qu'il n'y avait rien à redouter. Il s'y trouvait peut-être des Tombeaux, mais elle ne pouvait les voir; elle ne pouvait rien voir. C'était noir; c'était silencieux. Et c'était tout.

Jour après jour elle se rendit là-bas, entrant toujours par la trappe dans la pièce derrière le Trône, jusqu'à ce qu'elle connût parfaitement tout le circuit de la caverne, avec ses étranges parois sculptées – autant qu'il fût possible de connaître ce qu'on ne peut pas voir. Elle ne s'écartait jamais des murs, car autrement elle risquait de s'égarer dans l'obscurité de la grande cave et, enfin revenue à l'aveuglette jusqu'au mur, de ne plus savoir où elle était. Comme elle l'avait appris la première fois, l'important dans les Lieux de ténèbres était de savoir quels tournants et quelles ouvertures on avait dépassés, et quels étaient ceux à venir. On ne pouvait le faire qu'en comptant, car ils étaient tous semblables au toucher. La mémoire d'Arha avait été bien exercée, et elle ne rencontra nulle difficulté à réussir ce tour insolite, trouver son chemin par le toucher et le nombre, plutôt que par la vue et le sens commun. Elle connut bientôt par cœur tous les couloirs qui s'ouvraient sur l'En-Dessous des Tombeaux, le petit dédale situé sous la Salle du Trône et le sommet de la colline. Mais il y avait un couloir où elle ne pénétrait jamais : le deuxième à gauche de l'entrée de roche rouge, dont, si elle y entrait par erreur, elle ne pourrait jamais ressortir. Son désir d'y pénétrer, d'apprendre le Labyrinthe, ne cessait de croître, mais elle le refréna jusqu'à ce qu'elle eût appris à ce sujet tout ce qui était possible, à la surface.

Thar ne savait que peu de choses à ce sujet, à part les noms de certaines pièces, et la liste des directions, des tournants à prendre et à passer pour parvenir à ces pièces. Elle voulut bien les enseigner à Arha, mais refusa de les dessiner dans la poussière ou même d'un geste dans l'air; elle-même n'avait jamais emprunté ces passages, n'avait jamais pénétré dans le Labyrinthe. Mais lorsque Arha lui demandait : « Quel est le chemin de la porte en fer qui reste ouverte jusqu'à la Chambre Peinte? » ou : « Comment est le chemin de la Chambre des Ossements jusqu'au tunnel près de la rivière? », Thar restait alors un moment silencieuse, puis récitait les étranges instructions reçues jadis de Arha-qui-fut : tant d'intersections à passer, tant de virages à prendre à gauche, et ainsi de suite. Et tout cela Arha l'apprenait par cœur, comme l'avait fait Thar, souvent à la première audition. La nuit, étendue dans son lit, elle se répétait ces listes, essayant de s'imaginer les lieux, les chambres, les tournants.

Thar montra à Arha les nombreux judas qui s'ouvraient sur le Labyrinthe, dans chaque bâtiment, chaque temple du Lieu, et même sous certains rochers, au-dehors. La toile d'araignée des tunnels aux murs de pierre s'étendait sous tout le Lieu et même au-delà des murailles; il y avait des kilomètres de tunnels, là-dessous, dans les ténèbres. Personne sauf elle, les deux Grandes Prêtresses, et leurs serviteurs particuliers, les eunuques Manan, Uahto et Duby, ne connaissait l'existence du dédale qui s'étendait sous leurs pas. De vagues rumeurs couraient à ce sujet parmi les autres; tous savaient qu'il y avait sous les Pierres Tombales des cavernes ou des salles. Mais nul n'éprouvait beaucoup de curiosité pour tout ce qui touchait aux Innommables et aux lieux qui leur étaient consacrés. Peut-être avaient-ils le sentiment que moins ils en savaient, mieux cela valait. Arha éprouvait bien sûr une intense curiosité et, sachant qu'il y avait des judas donnant sur le Labyrinthe, les avait cherchés; mais ils étaient si bien cachés, dans le sol dallé ou la terre du désert, qu'elle n'en avait pas découvert un seul, pas même celui de la Petite Maison, avant que Thar les lui montrât.

Une nuit, au début du printemps, elle prit une lanterne à bougie et descendit, sans l'allumer, dans l'En-dessous des Tombeaux, jusqu'au deuxième passage à gauche de celui qui partait de la porte de roc rouge.

Dans le noir, elle fit une trentaine de pas, puis passa

une porte, dont elle toucha l'encadrement en fer fixé dans la roche : la limite, jusqu'à présent, de ses explorations. Après la Porte de Fer, elle suivit un long moment le tunnel, et lorsque enfin il entama une courbe vers la droite, elle alluma sa chandelle et regarda autour d'elle. Car ici la lumière était permise. Elle n'était plus dans l'En-Dessous des Tombeaux. Elle se trouvait en un endroit moins sacré, bien que peut-être plus redoutable. Elle était dans le Labyrinthe.

Les murs rudes et blancs, la voûte et le sol de rocher la cernaient, à l'intérieur de la petite sphère de lumière de la bougie. L'air était mort. Devant et derrière elle, le tunnel s'étirait, disparaissant dans l'ombre.

Tous les tunnels étaient semblables, se croisant et se recroisant. Elle tint soigneusement le compte des virages et des croisements, et se récita en elle-même les instructions de Thar, bien qu'elle les connût parfaitement. Car il ne fallait pas se perdre dans le Labyrinthe. Dans l'En-Dessous des Tombeaux ou les brefs passages qui l'entouraient, Kossil et Thar pouvaient la retrouver, ou Manan venir la chercher, car elle l'y avait emmené plusieurs fois. Mais ici, aucun d'eux n'était jamais venu. Il ne servirait pas à grand-chose qu'ils aillent l'appeler dans l'En-Dessous des Tombeaux alors qu'elle serait perdue dans un enchevêtrement de tunnels en spirale à cinq cents mètres de là. Elle s'imagina entendant les échos de leurs voix, tentant de les rejoindre, mais s'égarant toujours de plus en plus loin. Si vive était cette image qu'elle s'arrêta, croyant entendre une voix appeler au loin. Mais il n'y avait rien. Et elle ne se perdrait pas. Elle faisait très attention ; et ce lieu était le sien, c'était là son domaine. Les puissances des ténèbres, les Innommables, guideraient ses pas, tout comme ils feraient s'égarer tout autre mortel osant pénétrer dans le Labyrinthe des Tombeaux.

Elle n'alla pas très loin cette première fois, mais assez loin pour que la certitude étrange, amère et pourtant agréable de sa solitude et de son indépendance en ce lieu grandisse en elle, et l'y ramène sans cesse, et chaque fois plus loin. Elle arriva à la Chambre Peinte, aux Six Voies, et suivit le Tunnel Extrême, puis entra dans le bizarre dédale qui menait à la Chambre des Ossements.

« Quand le Labyrinthe a-t-il été construit? » demanda-t-elle à Thar; et la prêtresse maigre et austère répondit : « Maîtresse, je ne le sais pas. Personne ne le sait. »

– « Pourquoi l'a-t-on construit? »

– « Pour y cacher les trésors des Tombeaux, et pour châtier ceux qui tentaient de voler ces trésors. »

– « Tous les trésors que j'ai vus se trouvent dans les salles derrière le Trône, et dans les sous-sols. Qu'y a-t-il dans le Labyrinthe? »

– « Un trésor beaucoup plus grand et beaucoup plus ancien. Voudriez-vous le voir? »

– « Oui. »

– « Nul excepté vous ne peut entrer dans le Trésor des Tombeaux. Vous avez le droit d'emmener vos serviteurs dans le Labyrinthe, mais pas dans le Trésor. Si Manan lui-même y entrait, la colère des ténèbres s'éveillerait; il ne sortirait pas vivant du Labyrinthe. En ce lieu, vous devez aller seule, toujours. Je sais où se trouve le Grand Trésor. Vous m'en avez indiqué le chemin, il y a quinze ans, avant de mourir, afin que je le garde en mémoire pour vous le dire à votre retour. Je peux vous enseigner le chemin à suivre dans le Labyrinthe, derrière la Chambre Peinte; et la clé du trésor est celle d'argent, avec un dragon sur l'anneau. Mais il vous faut y aller seule. »

– « Indique-moi le chemin. »

Thar le lui indiqua, et elle se le rappela, comme elle se rappelait tout ce qu'on lui disait. Mais elle n'alla pas voir le Grand Trésor des Tombeaux, retenue par le sentiment que sa volonté ou sa connaissance n'était pas complète. Ou peut-être voulait-elle garder quelque chose en réserve, quelque chose à attendre, pour donner un charme à ces interminables tunnels noirs qui se terminaient toujours par des murs vides ou des cellules nues et poussiéreuses. Elle voulait attendre un peu avant de voir ses trésors.

Après tout, ne les avait-elle pas déjà vus?

Elle ressentait toujours une impression bizarre quand Thar et Kossil lui parlaient de choses qu'elle avait vues ou dites avant sa mort. Elle savait qu'elle était en effet morte, et réincarnée dans un corps neuf à l'heure de la mort de son corps ancien : pas seulement un fois, quinze ans auparavant, mais cinquante ans avant, et avant cela, et encore avant, au long des années et des siècles, génération avant génération, jusqu'au commencement même des ans, à l'époque où l'on avait creusé le Labyrinthe, dressé les Pierres, où la Première Prêtresse des Innommables avait vécu dans le Lieu et dansé devant le Trône Vide. Elles ne faisaient qu'une, toutes ces vies et la sienne. Elle était la Première Prêtresse. Tous les êtres humains renaissaient éternellement, mais seule elle, Arha, renaissait éternellement en tant qu'elle-même. Cent fois elle avait appris les voies et les détours du Labyrinthe et cent fois elle était enfin arrivée à la Chambre secrète.

Parfois elle croyait se souvenir. Les lieux obscurs sous la colline lui étaient si familiers qu'ils ne lui semblaient pas seulement être son domaine, mais aussi son foyer. Quand elle respirait les fumées narcotiques pour danser dans l'obscurité de la lune, sa tête se faisait légère et son corps ne lui appartenait plus; elle dansait alors à travers les siècles, nu-pieds dans sa robe noire, et savait que la danse ne s'était jamais arrêtée.

Pourtant, c'était toujours bizarre lorsque Thar disait : « Vous m'avez dit avant de mourir... »

Une fois elle demanda : « Qui étaient ces hommes venus pour piller les Tombeaux? Cela est-il déjà arrivé? » Cette idée de pillards lui paraissait captivante, mais improbable. Comment auraient-ils pu parvenir en secret jusqu'au Lieu? Les pèlerins étaient fort rares, plus rares encore que les prisonniers. De temps en temps arrivaient de nouveaux esclaves ou des novices en provenance de temples moins importants des Quatre Contrées, ou bien un petit groupe apportait en offrande de l'or ou un encens rare à l'un des temples. Et c'était tout. Nul ne venait là par hasard, ni pour acheter ou vendre, ni pour visiter, ni pour voler; nul ne venait là s'il n'avait pas reçu d'ordres. Arha ne savait même pas à quelle distance se trouvait la ville la plus proche, vingt kilomètres ou davantage; et la ville la plus proche était une petite ville. Le Lieu était gardé et défendu par le vide, la solitude. Toute personne traversant le désert qui l'entourait avait, pensait-elle, autant de chances de passer inaperçue qu'un mouton noir sur un champ de neige.

Elle était en compagnie de Thar et de Kossil, avec qui elle passait à présent une grande part de son temps, quand elle ne se trouvait pas dans la Petite Maison ou seule sous la colline. C'était par une nuit d'avril froide et orageuse. Elles étaient assises auprès d'un petit feu de sauge qui brûlait dans l'âtre de la chambre derrière le temple du Dieu-Roi, la chambre de Kossil. Derrière la porte, dans le couloir, Manan et Duby jouaient avec des bâtonnets et des fiches: ils jetaient en l'air des bâtonnets et il fallait en rattraper le plus possible sur le dos de la main. Manan et Arha y jouaient encore parfois, en secret, dans la cour intérieure de la Petite Maison. Le bruit que faisaient les bâtonnets en retombant, les murmures enroués de triomphe ou de défaite, le léger craquement du feu, étaient les seuls sons qu'on percevait quand les trois prêtresses se taisaient. Tout autour, par-delà les murs, leur parvenait le silence profond de la nuit déserte. De temps à autre se faisait entendre le fouettement d'une averse brève mais forte.

« Beaucoup ont tenté de piller le Tombeau, il y a longtemps de cela; mais aucun n'y est parvenu », dit Thar. Malgré son humeur taciturne, elle aimait pafois raconter une histoire, et le faisait souvent dans le cadre de l'instruction d'Arha. Ce soir, elle semblait d'humeur à se laisser soutirer un récit.

– « Comment quiconque oserait-il? »

– « *Eux* l'ont osé », dit Kossil. « C'étaient des sorciers, de ce peuple de magiciens des Contrées de l'Intérieur. C'était avant que les Dieux-Rois ne régnent sur les terres de Kargad: nous n'étions pas aussi forts en ce temps-là. Les sorciers arrivaient par bateau de l'ouest vers Karego-At et Atuan, pour piller les villes côtières, saccager les fermes, et même pénétrer dans la Cité Sacrée d'Awabath. Ils venaient pour tuer les dragons, disaient-ils, mais ils demeuraient là le temps de mettre à sac les villes et les temples. »

– « Et leurs héros fameux venaient parmi nous pour éprouver leur épée », dit Thar, « et opérer leurs maléfices impies. L'un d'eux, magicien puissant et Maître des Dragons, le plus grand d'entre eux, fut mis en échec ici même. C'était il y a longtemps, très longtemps, mais on se rappelle encore l'histoire, et pas seulement en ce lieu. Le magicien s'appelait Erreth-Akbe, et était à la fois roi et sorcier dans l'Ouest. Il est venu sur nos terres, à Awabath s'est allié avec quelques seigneurs kargades rebelles, et a disputé le commandement de la cité au Grand Prête du Temple Intérieur des Dieux Jumeaux. Longtemps ils combattirent, la sorcellerie de l'homme contre la foudre des dieux, et détruisirent le temple autour d'eux. Finalement le Grand Prêtre brisa le bâton magique du sorcier, rompit en deux l'amulette qui lui donnait le pouvoir, et le mit en déroute. Le sorcier s'enfuit de la cité et des terres kargades, et traversa Terremer pour gagner l'extrême ouest ; et là, un dragon le mit en pièces, car son pouvoir avait disparu. Depuis ce jour la puissance et le pouvoir des Contrées de l'Intérieur n'ont cessé de décliner. Quant au Grand Prêtre, qui s'appelait Intathin, il était le premier de la maison de Tarb, cette lignée dont sont issus, après des siècles et l'accomplissement des prophéties, les Prêtres-Rois de Karego-At, ancêtres des Dieux-Rois de tout Kargad. C'est ainsi que, depuis l'époque d'Intathin, la puissance et le pouvoir du pays kargade n'ont cessé de croître. Ceux-là, venus pour piller les Tombeaux, étaient des sorciers, qui s'acharnaient à récupérer l'amulette brisée d'Erreth-Akbe. Mais elle se trouve toujours en sûreté, là où le Grand Prêtre l'a mise. Et leurs ossements s'y trouvent aussi... » Thar montra le sol sous ses pieds. « Et l'autre moitié est perdue à jamais. »

– « Comment cela? interrogea Arha.

– « La moitié qui se trouvait dans la main d'Inthatin fut donnée par lui au Trésor des Tombeaux, pour y reposer à jamais en sûreté. L'autre moitié était restée dans la main du sorcier, mais il l'a donnée avant sa fuite à un roitelet rebelle, nommé Thoreg de Hupun. J'ignore pourquoi il le fit. »

– « Pour créer un conflit, en rendant Thoreg orgueilleux », dit Kossil. « Et c'est ce qui arriva. Les descendants de Thoreg se rebellèrent à nouveau sous le règne de la maison de Tarb; ils prirent encore les armes contre le premier Dieu-Roi, refusant de le reconnaître, ni pour roi ni pour dieu. C'était une race maudite, ensorcelée. Ils sont tous morts aujourd'hui. »

Thar acquiesça. « Le père de notre actuel Dieu-Roi, le Seigneur-qui-a-surgi, a vaincu la famille de Hupun, et détruit leurs palais. Et quand tout fut terminé, la moitié d'amulette, qu'ils avaient conservée depuis le temps d'Erreth-Akbe et d'Intathin, était perdue. Nul ne sait ce qu'il en est advenu. Et cela se passait il y a une vie. »

– « Elle a été jetée aux ordures, sans nul doute », dit Kossil. « On dit qu'il ne ressemblait en rien à un objet de valeur, cet anneau d'Erreth-Akbe. Maudit soit-il, et maudites toutes les choses du peuple-sorcier! » Kossil cracha dans le feu.

– « As-tu vu la moitié qui se trouve ici? » demanda Arha à Thar.

La femme maigre secoua la tête. « Elle est avec ce trésor que nul ne peut atteindre, sinon l'Unique Prêtresse. C'est peut-être le plus grand trésor qui s'y trouve; je n'en sais rien. Je pense que cela peut être vrai. Pendant des centaines d'années, les Contrées de l'Intérieur ont dépêché voleurs et sorciers pour tenter de la reprendre, et ils sont passés devant des coffres d'or grands ouverts, à la recherche de cette seule chose. Il y a très longtemps qu'ont vécu Erreth-Akbe et Intathin, et cependant l'histoire est encore connue et racontée, ici comme à l'Ouest. Au fil des siècles, la plupart des choses vieillissent et meurent. Très rares sont les choses précieuses qui demeurent précieuses, ou les histoires que l'on continue à raconter. »

Arha réfléchit un instant et dit : « Ce devaient être des hommes fort braves, ou fort stupides, pour pénétrer dans les Tombeaux. Ne connaissent-ils pas les pouvoirs des Innommables? »

– « Non », fit Kossil de sa voix froide. « Ils n'ont pas de dieux. Ils font de la magie, et croient être eux-mêmes des dieux. Mais ils n'en sont pas. Et, lorsqu'ils meurent, ils ne renaissent point. Ils deviennent poussière et ossements, et leurs fantômes gémissent un temps dans le vent avant que celui-ci ne les disperse. Leur âme n'est pas immortelle. »

– « Mais quelle est cette magie qu'ils pratiquent? » questionna Arha, captivée. Elle ne se souvenait plus avoir dit autrefois qu'elle se serait détournée et aurait refusé de regarder les vaisseaux des Contrées de l'Intérieur. « Comment la pratiquent-ils? Et quel est son effet? »

– « Tours de passe-passe, supercheries, artifices », dit Kossil.

– « Davantage que cela », dit Thar, « si ce que l'on raconte est vrai, ne serait-ce qu'en partie. Les sorciers de l'Ouest peuvent faire lever les vents et les apaiser, et les faire souffler là où ils veulent. En cela, tous s'accordent et disent la même chose. C'est pour cela qu'ils sont de fameux navigateurs; ils peuvent mettre le vent magique dans leurs voiles, et aller où ils le désirent et calmer les tempêtes en mer. On dit aussi qu'ils peuvent à volonté faire la lumière et l'obscurité; et changer les rochers en diamants, et le plomb en or; qu'ils peuvent construire un immense palais ou une cité entière en un instant, du moins en apparence; qu'ils peuvent se transformer en ours, en poisson, en dragon, comme il leur plaît. »

– « Je ne crois pas à tout cela », dit Kossil. « Qu'ils soient dangereux, subtils dans la supercherie, souples comme des anguilles, oui. Mais on dit que si l'on retire son bâton de bois à un sorcier, il n'a plus de pouvoir. Probablement y a-t-il des runes maléfiques inscrites sur le bâton. »

Thar secoua une nouvelle fois la tête. « Ils portent un bâton, il est vrai, mais ce n'est qu'un outil du pouvoir qu'ils ont en eux. »

– « Mais comment l'obtiennent-ils, ce pouvoir ? » demanda Arha. « D'où leur vient-il ? »

– « De mensonges », dit Kossil.

– « Des mots », dit Thar. « C'est ce qui me fut dit par quelqu'un qui avait observé un sorcier réputé des Contrées de l'Intérieur, un Mage, comme on les appelle. Il avait été fait prisonnier, au cours d'un raid à l'Ouest. Il leur montra une baguette de bois sec, et prononça un mot. Et voilà que la baguette fleurit. Et il prononça un autre mot, et voilà qu'il se garnit de pommes rouges. Il dit un autre mot encore, et tout, bâton, fleurs et pommes, disparut, et le sorcier avec eux. Grâce à un mot, il s'était effacé comme un arc-en-ciel, en un clin d'œil, sans laisser de trace ; et on ne le retrouva jamais sur cette île. Était-ce un simple tour de passe-passe ? »

– « Il est aisé de duper des dupes », dit Kossil.

Thar n'en dit pas plus, afin d'éviter une querelle ; mais Arha répugnait à abandonner le sujet. « Quelle est l'apparence des gens du peuple-sorcier ? Sont-ils vraiment tout noirs, avec des yeux blancs ? »

– « Ils sont noirs et vils. Mais je n'en ai jamais vu », dit Kossil avec satisfaction, déplaçant sa lourde carcasse sur le tabouret bas et étendant ses mains devant le feu.

– « Puissent les Dieux Jumeaux les tenir au loin », murmura Thar.

– « Ils ne reviendront jamais ici », dit Kossil.

Et le feu grésillait, et la pluie crépitait sur le toit, et derrière la porte sombre Manan s'écriait d'une voix aiguë : « Ah ah ! La moitié pour moi, la moitié ! »

V

LUMIÈRE SOUS LA COLLINE

COMME l'année s'inclinait à nouveau vers l'hiver, Thar mourut. Pendant l'été, une maladie de langueur l'avait frappée; elle, qui était déjà maigre, devint squelettique; elle, qui était taciturne, de cet instant ne parla plus du tout. Sauf à Arha, quelquefois, quand elles étaient seules; puis cela même cessa, et elle s'en fut en silence vers les ténèbres. Morte, elle manqua douloureusement à Arha. Si Thar était sévère, elle n'avait jamais été cruelle. C'était l'orgueil qu'elle avait enseigné à Arha, non la crainte. A présent il ne restait plus que Kossil.

Une nouvelle Grande Prêtresse du Temple des Dieux Jumeaux arriverait d'Awabath au printemps; jusque-là, Arha et Kossil étaient les deux maîtresses du lieu. La femme appelait la jeune fille « Maîtresse » et devait lui obéir si elle lui donnait un ordre. Mais Arha avait appris à ne pas donner d'ordre à Kossil. Elle avait le droit de le faire, mais non la force; car il fallait une force immense pour affronter la jalousie de Kossil envers son rang plus élevé, sa haine envers tout ce qu'elle ne pouvait elle-même dominer.

Depuis qu'Arha avait appris (de la douce Penthe) l'existence de l'impiété, et l'avait acceptée pour une réalité, bien que cela l'effrayât, elle pouvait considérer Kossil avec beaucoup plus d'assurance, et la comprendre. Kossil ne recelait en son cœur nulle vraie dévotion pour les Innommables ou pour les dieux. Elle ne tenait pour sacré que le pouvoir. L'Empereur des Pays Kargades détenant à présent ce pouvoir, pour cette raison il était bel et bien un Dieu-Roi à ses yeux, et elle le servait bien. Mais pour elle les temples n'étaient que parade, les Pierres Tombales des rochers, les Tombeaux d'Atuan des trous obscurs dans le sol, terribles mais vides. Elle aurait volontiers aboli le culte du Trône Vide, si elle avait pu le faire. Elle aurait volontiers évincé la Première Prêtresse, si elle avait osé.

Arha en était venue à envisager avec quiétude même cette dernière éventualité. Peut-être Thar l'avait-elle aidée à s'en rendre compte, bien qu'elle ne lui eût jamais rien dit directement. Aux premiers stades de sa maladie, avant que le silence ne s'appesantît sur elle, elle avait demandé à Arha de venir la voir tous les deux ou trois jours, et lui avait dit beaucoup de choses sur les faits et gestes du Dieu-Roi et de son prédécesseur, et sur les mœurs d'Awabath – choses qu'une prêtresse de son importance devait connaître, mais qui étaient rarement flatteuses pour le Dieu-Roi et sa cour. Et elle lui avait parlé de sa propre vie, et décrit ce à quoi avait ressemblé l'Arha de la vie antérieure, ce qu'elle avait fait; et elle avait en quelques occasions mentionné ce que pouvaient être les difficultés et les dangers de la vie présente d'Arha. Pas une seule fois elle n'avait prononcé le nom de Kossil. Mais Arha avait été onze ans l'élève de Thar, et il lui suffisait d'une allusion ou d'une intonation pour comprendre, et se rappeler.

Une fois retombée l'agitation morne des Rites de Deuil, Arha se mit à éviter Kossil. Lorsque se terminaient les longs travaux et les rites de la journée, elle rejoignait sa demeure solitaire; et, chaque fois qu'elle en avait le temps, elle allait dans la chambre derrière le Trône, ouvrait la trappe, et descendait dans le noir. De jour comme de nuit, cela ne faisant là-bas aucune différence, elle poursuivait l'exploration systématique de son domaine. L'En-Dessous des Tombeaux, si lourd de son caractère sacré, était totalement interdit à tout autre que les prêtresses et leurs eunuques les plus fidèles. Quiconque, homme ou femme, s'aventurerait en ce lieu tomberait assurément mort, frappé par la colère des Innommables. Mais, parmi toutes les règles qu'elle avait apprises, il n'en était aucune interdisant l'entrée du Labyrinthe. C'était inutile. On ne pouvait y accéder qu'en passant par l'En-dessous des Tombeaux; et, de toute façon, y a-t-il une règle qui puisse enseigner aux mouches qu'elles ne doivent pas entrer dans la toile de l'araignée?

Aussi Arha emmenait souvent Manan dans les régions proches du Labyrinthe, afin de lui enseigner les chemins. Il ne montrait nul empressement à la suivre, mais cependant lui obéissait. Elle s'assura que Duby et Uahto, les eunuques de Kossil, connaissaient l'emplacement de la Chambre des Chaînes et la façon de sortir de l'En-dessous des Tombeaux, mais pas plus; elle ne les emmena jamais dans le Labyrinthe. Elle voulait que personne d'autre que Manan, qui lui était entièrement dévoué, ne connût ces passages secrets. Car ils étaient à elle, elle seule, à jamais. Elle avait entrepris une exploration complète du Labyrinthe. Durant tout l'automne, elle passa de nombreux jours à parcourir ces couloirs interminables, et il restait des régions qu'elle n'avait pas encore atteintes. Il était fastidieux de suivre ainsi ce réseau de couloirs, immense et dépourvu de sens; les jambes se fatiguaient et l'esprit s'ennuyait à compter et recompter les tournants et les passages franchis, et ceux à venir. C'était une chose magnifique, tracée sous terre, dans la roche solide, comme les rues d'une grande cité; mais elle avait été conçue pour lasser et troubler le mortel qui s'y promènerait et même sa prêtresse devait finir par avoir le sentiment que ce n'était rien qu'un gigantesque piège.

Aussi, et chaque jour davantage maintenant que l'hiver s'intensifiait, dirigea-t-elle son exploration minutieuse vers la Salle elle-même, les autels, les alcôves situées derrière et dessous les autels, les chambres pleines de coffres et de boîtes et leurs contenus, les couloirs et les greniers, le trou poussiéreux sous le dôme où nichaient des centaines de chauves-souris, les sous-sols et les sous-sous-sols qui étaient les antichambres des couloirs des ténèbres.

Les mains et les manches parfumées d'un musc sec et douceâtre, réduit en poudre depuis huit siècles qu'il était enfermé dans un coffre en fer, le front maculé du noir tenace d'une toile d'araignée, elle restait agenouillée une heure durant, à étudier les gravures d'un magnifique coffre en bois de cèdre ruiné par le temps, cadeau de quelque roi aux Puissances Innommables des Tombeaux des siècles auparavant. On y voyait le roi, silhouette minuscule et raide, au long nez, et la Salle du Trône avec son dôme aplati et les colonnes du portique, délicatement gravés en relief sur le bois par un artiste qui n'était plus que poussière depuis des centaines d'années. Il y avait la Prêtresse Unique, respirant les fumées narcotiques des plateaux en bronze, et prodiguant un conseil ou une prophétie au roi, dont le nez était brisé dans ce tableau; le visage de la Prêtresse était trop petit pour que les traits fussent nets, et cependant Arha imaginait que ce visage était le sien. Elle se demandait ce qu'elle avait dit au roi au long nez, et s'il lui en avait été reconnaissant.

Elle avait dans la Salle du Trône ses endroits de prédilection, comme on peut avoir des coins favoris où s'asseoir dans une maison ensoleillée. Elle allait souvent dans une petite soupente, au-dessus de l'un des vestiaires, à l'arrière de la Salle. On y gardait les robes et les costumes anciens, vestiges des jours où les grands rois et les seigneurs venaient rendre le culte au Lieu des Tombeaux d'Atuan, le reconnaissant pour un domaine plus grand que le leur ou celui de quiconque. Quelquefois leurs filles, les princesses, avaient revêtu ces douces soies blanches, brodées de topaze et de sombre améthyste, et dansé avec la Prêtresse des Tombeaux. De petites tablettes d'ivoire peint dans l'un des trésors représentaient cette danse, et les seigneurs et les rois qui attendaient au-dehors, car en ce temps comme maintenant, nul homme ne posait jamais le pied sur le sol des Tombeaux. Mais les vierges pouvaient entrer, et danser avec la Prêtresse, vêtues de soie blanche. La Prêtresse elle-même portait toujours une robe de grossière toile noire, en ce temps comme maintenant; mais elle aimait à venir palper l'étoffe douce et mœlleuse, détériorée par l'âge, que les joyaux impérissables déchiraient par leur poids infime. Il y avait dans ces coffres un parfum différent de tous les muscs et les encens des temples du Lieu : un parfum plus léger, plus frais, plus jeune.

Dans les chambres du trésor, elle passait une nuit entière à inventorier et apprendre le contenu d'un seul coffre, pierre précieuse par pierre précieuse, les armures rouillées, les panaches brisés des casques, les boucles, les épingles et les broches de bronze, de vermeil, et d'or massif.

Les hiboux, que sa présence ne troublait point, perchés sur les chevrons, ouvraient et refermaient leurs yeux jaunes. Un peu de la clarté stellaire brillait entre les tuiles du toit; ou bien la neige passait au travers, fine et froide comme ces soies anciennes qui se réduisaient à rien sous les doigts.

Une nuit, à la fin de l'hiver (il faisait trop froid dans la Salle), elle alla jusqu'à la trappe, la souleva, descendit sur les marches, et la referma sur elle. Elle prit en silence le chemin qu'elle connaissait si bien, le passage qui menait à l'En-Dessous des Tombeaux. Là, bien sûr, elle n'avait jamais de lumière; si elle avait emporté une lanterne, pour aller dans le Labyrinthe ou dans l'obscurité nocturne à la surface, elle l'éteignait avant de s'approcher de l'En-Dessous des Tombeaux. Elle n'avait, au cours de toutes les générations de sa prêtrise, jamais vu cet endroit. Dans le passage, à présent, elle souffla la chandelle de la lampe qu'elle tenait en main, et, sans ralentir le pas d'aucune manière, poursuivit son chemin dans ce noir de poix, avec l'aisance d'un petit poisson dans l'eau sombre. Là, hiver comme été, il n'y avait ni froid, ni chaleur : toujours la même fraîcheur constante, un peu humide, invariable. En haut, les grands vents glacés de l'hiver fouettaient la neige sur le désert. Ici, il n'y avait ni vent, ni saison; c'était un endroit clos, tranquille, sûr.

Elle se rendait à la Chambre Peinte. Elle se plaisait

parfois à étudier les étranges peintures murales qui surgissaient de l'ombre à la lueur de sa chandelle : des hommes aux longues ailes, aux yeux immenses, sereins et moroses. Personne ne pouvait lui dire ce qu'ils étaient, il n'y avait de peintures semblables nulle part ailleurs dans le Lieu, mais elle croyait le savoir; c'étaient les esprits des damnés, qui ne renaissent point. La Chambre Peinte se trouvait dans le Labyrinthe; aussi devait-elle traverser d'abord la caverne sous les Pierres Tombales. Comme elle s'en approchait, par le passage en pente, une faible lueur grise fleurit, à peine un soupçon, l'écho de l'écho d'une lumière lointaine.

Elle pensa que ses yeux lui jouaient un tour, comme souvent ils le faisaient dans cette noirceur totale. Elle les ferma, et le reflet s'évanouit. Elle les rouvrit, et il réapparut.

Elle s'était arrêtée et demeurait immobile. Du gris à la place du noir. Une frange de pâleur terne, tout juste visible, là où rien ne pouvait être visible, où tout devait être noir.

Elle fit quelques pas en avant et étendit la main vers cet angle de la paroi du tunnel; et, de façon extrêmement vague, aperçut le mouvement de sa main.

Elle continua. C'était étrange, et dépassait la pensée, dépassait la peur, cette pâle fleur de lumière là où il n'y avait jamais eu de lumière, dans ce tombeau du tréfonds de l'ombre. Dans ses vêtements noirs, elle marchait sans bruit sur ses pieds nus. Au dernier tournant du couloir, elle s'arrêta; puis, très lentement, fit le dernier pas, regarda, et vit.

Elle vit ce qu'elle n'avait jamais vu, bien qu'elle eût vécu une centaine de vies : l'immense caverne voûtée sous les Pierres Tombales, creusée non de la main de l'homme, mais par les puissances de la Terre. Elle était ornée de cristaux, de pinacles et de filigranes de calcaire blanc, œuvre des eaux souterraines, depuis des éons : immense, avec un plafond et des murs étincelants, délicate, compliquée, palais de diamant, maison d'améthyste et de cristal, dont l'antique obscurité avait été chassée par cette splendeur.

Non pas brillante, mais aveuglante, pour l'œil accoutumé aux ténèbres, était la lumière qui avait opéré ce miracle. C'était une clarté douce, comme celle du gaz des marais, qui se déplaçait lentement à travers la caverne, faisant jaillir des milliers de scintillements du plafond précieux, et se mouvoir des milliers d'ombres fantastiques le long des parois gravées.

La lumière brûlait au bout d'un bâton, qui ne produisait pas de fumée et ne se consumait point. Ce bâton était tenu par une main humaine. Et Arha vit le visage près de la lumière; un visage sombre, le visage d'un homme.

Elle ne bougea pas.

Longtemps il arpenta la vaste caverne. Il paraissait chercher quelque chose, regardait derrière les cataractes de dentelle de pierre, examinant les multiples couloirs qui menaient au-dehors, sans toutefois y pénétrer. Et durant tout ce temps la Prêtresse des Tombeaux demeura immobile, dans l'angle noir du passage, et attendit.

Ce qu'il lui était peut-être le plus difficile à concevoir, c'était qu'elle avait devant les yeux un étranger. Elle avait très rarement vu un étranger. Il lui semblait que ce devait être l'un des gardiens – non, l'un des hommes de l'autre côté du mur, un chevrier ou un soldat, un esclave du Lieu; et il était venu contempler les secrets des Innommables, et peut-être dérober quelque chose aux Tombeaux...

Dérober quelque chose. Voler les Puissances des Ténèbres. Sacrilège: le mot se forma lentement dans l'esprit d'Arha. C'était un homme, et nul homme ne devait jamais fouler le sol des Tombeaux, le Lieu Sacré. Pourtant il était là, dans cette caverne qui était le cœur des Tombeaux. Il y était entré. Il avait fait de la lumière là où la lumière était proscrite, là où il n'y en avait jamais eu depuis le commencement du monde. Pourquoi les Innommables ne le foudroyaient-ils pas?

Il scrutait maintenant le sol rocheux, foui et bouleversé. On pouvait voir qu'un trou y avait été ouvert et refermé. Les mottes de terre détrempée qui avaient été déplacées pour creuser les tombes n'avaient pas toutes été aplanies.

Ses Maîtres avaient dévoré ces trois-là. Pourquoi ne dévoraient-ils pas celui-ci? Qu'attendaient-ils?

Que leurs mains agissent, que leur langue parle...

« Va-t'en! Va-t'en! Disparais! » cria-t-elle tout à coup, à tue-tête. Des échos formidables se répercutèrent, aigus et sonores, à travers la caverne, semblant troubler le visage sombre et surpris qui se tourna vers elle et, l'espace d'un moment, à travers la splendeur ébranlée de la caverne, la regarda. Puis la lumière disparut. Toute splendeur disparut. Rien que le noir aveugle, et le silence.

A présent, elle pouvait à nouveau penser. Elle était libérée de l'envoûtement de la lumière.

Il avait dû entrer par la porte de roc rouge, la Porte des Prisonniers; il tenterait donc de s'enfuir par la même voie. Légère et silencieuse comme les chouettes aux ailes discrètes, elle effectua en courant le demi-circuit de la caverne, jusqu'au tunnel bas aboutissant à la porte qui ne s'ouvrait que de l'intérieur. C'est là qu'elle s'arrêta, à l'entrée du tunnel. Aucun souffle d'air : il n'avait pas laissé la porte ouverte derrière lui. Elle était close, et s'il était dans le tunnel, il s'y trouvait pris au piège.

Mais il n'y était pas. Elle en était sûre. Si près, dans cet espace réduit, elle aurait entendu son souffle, senti la chaleur et la pulsation de sa vie même. Il n'y avait personne dans le tunnel. Elle écoutait. Où pouvait-il être?

L'obscurité pesait sur ses yeux comme un bandeau. Avoir vu l'En-Dessous des Tombeaux la bouleversait; elle était abasourdie. Elle ne l'avait connu que comme une région définie par l'ouïe, par le toucher, par des mouvements d'air froid dans le noir; une immensité; un mystère, destiné à ne jamais être contemplé. Mais elle l'avait contemplé, et le mystère avait cédé la place, non pas à l'horreur, mais à la beauté, mystère plus profond encore que celui des ténèbres.

Elle avançait lentement à présent, incertaine. Elle chercha à tâtons le chemin du deuxième passage à gauche, celui qui conduisait au Labyrinthe. Là, elle fit halte et écouta.

Ses oreilles ne lui en dirent pas plus que ses yeux. Mais, comme elle avait posé une main de chaque côté du cintre rocheux, elle ressentit une faible et obscure vibration, et perçut dans l'air glacé et renfermé une odeur qui n'était pas d'ici : l'odeur de la sauge qui poussait sur les collines désertes, en haut, au grand air.

Calme, elle descendit lentement le couloir, guidée par son flair.

Au bout de cent pas peut-être, elle l'entendit. Il était presque aussi silencieux qu'elle, mais son pied n'était pas aussi assuré dans le noir. Elle entendit un raclement léger, comme s'il avait trébuché sur le sol inégal et avait aussitôt repris son équilibre. Rien d'autre. Elle attendit un instant et se remit lentement en route, effleurant très légèrement la paroi du bout des doigts de sa main droite. Ils rencontrèrent enfin une barre de métal arrondie. Elle s'arrêta à cet endroit et palpa le morceau de fer jusqu'à ce que, presque à la limite de sa portée, elle eût touché une poignée de fer rugueux en saillie. Elle l'abaissa brusquement, de toutes ses forces.

Il y eut un gricement effrayant, puis un choc. Des étincelles bleues tombèrent en averse. Des échos s'éteignirent, en désordre, tout au long du couloir derrière elle. Elle étendit les mains et sentit, à quelques centimètres seulement de son visage, la surface grêlée d'une porte en fer.

Elle prit une longue inspiration.

Remontant lentement le tunnel jusqu'à l'En-Dessous des Tombeaux et longeant le mur à droite, elle se rendit à la trappe de la Salle du Trône. Elle ne se hâtait point et marchait en silence, bien que le silence fût désormais inutile. Elle tenait son voleur. La porte qu'il avait franchie était le seul moyen d'entrer ou de sortir du Labyrinthe; et on ne pouvait l'ouvrir que de l'extérieur.

Il était maintenant là-bas, dans la noirceur souterraine, et ne ressortirait jamais.

Très droite, elle passa lentement devant le Trône et pénétra dans la longue salle garnie de colonnes. Là où, sur le haut trépied, une coupe de bronze débordait de la lueur rougeoyante du charbon de bois, elle fit demi-tour, et s'approcha des sept degrés qui menaient au Trône.

Sur la marche la plus basse, elle s'agenouilla, et inclina son front sur la pierre froide et poussiérieuse, jonchée d'os de souris échappés du bec des hiboux en chasse.

« Pardonnez-moi d'avoir vu Vos ténèbres violées », dit-elle, sans toutefois prononcer les mots à haute voix. « Pardonnez-moi d'avoir vu Vos Tombeaux profanés. Vous serez vengés. O mes Maîtres, la mort vous le livrera, et il ne renaîtra jamais! »

Cependant, alors même qu'elle priait, elle revoyait en pensée la splendeur palpitante de la caverne éclairée, où la vie remplaçait la mort; et au lieu d'être terrifiée devant ce sacrilège et envahie de rage à l'égard du voleur, elle pensait seulement que c'était étrange, ô combien étrange...

« Que dois-je dire à Kossil? » se demanda-t-elle en sortant dans les rafales du vent d'hiver, resserrant son manteau autour d'elle. « Rien. Pas encore. C'est *moi* la maîtresse du Labyrinthe. Ceci ne concerne en rien le Dieu-Roi. Je lui parlerai quand le voleur sera mort, peut-être. Comment dois-je le tuer? Il me faudra faire venir Kossil afin qu'elle assiste à sa mort. Elle aime la mort. Que cherchait-il donc? Il doit être fou. Comment est-il entré? Kossil et moi sommes les seules à posséder les clés de la porte de roc rouge et de la trappe. Il a dû entrer par la porte de roc rouge. Et seul un sorcier a pu l'ouvrir. Un sorcier... »

Elle s'arrêta, malgré le vent qui la secouait, la renversant presque.

« C'est un sorcier, un magicien des Contrées de l'Intérieur, en quête de l'amulette d'Erreth-Akbe. »

Et cette idée la charma tellement qu'elle en eut chaud dans tout le corps, en dépit du vent glacé, et qu'elle rit tout haut. Tout autour d'elle le Lieu, et le désert alentour, étaient noirs et silencieux; le vent était mordant; il n'y avait pas de lumière en bas dans la Grande Maison. Une neige fine, invisible, volait dans le vent.

« S'il a ouvert la porte de roc rouge par sorcellerie, il peut en ouvrir d'autres. Il peut s'évader. »

Cette pensée la contraria un instant; mais elle n'en était au fond pas convaincue. Les Innommables l'avaient laissé entrer. Pourquoi pas? Il ne pouvait être nuisible. En quoi peu nuire un voleur incapable de quitter la scène de son larcin? Il devait posséder charmes et noirs pouvoirs, et des puissants, à n'en pas douter, puisqu'il était venu jusque-là; mais il n'irait pas plus loin. Aucun sort jeté par un mortel ne pouvait être plus fort que la volonté des Innommables, les présences dans les Tombeaux, les Rois dont le Trône était vide.

Afin de se rassurer sur ce point, elle se hâta vers la Petite Maison. Manan était endormi sur la galerie, enroulé dans son manteau et dans la couverture de fourrure mitée qui constituait son lit d'hiver. Elle entra sans bruit et sans allumer aucune lampe, afin de ne pas le réveiller. Elle ouvrit une petite pièce cadenassée, guère plus qu'un placard au fond du couloir, et fit jaillir l'étincelle d'un silex assez longtemps pour repérer un certain endroit sur le sol; s'agenouillant, elle souleva un carreau. Un morceau d'étoffe lourde et sale, un carré de quelques centimètres de côté seulement, se révéla sous ses doigts. Elle le poussa de côté silencieusement, et se rejeta brusquement en arrière, car un rayon de lumière montait vers elle en plein visage.

Après un moment, très prudemment, elle regarda par l'ouverture. Elle avait oublié qu'il portait cette singulière lumière sur son bâton. Elle s'était attendue tout au plus à l'entendre, en bas dans le noir. Elle avait oublié la lumière, soit, mais il se trouvait bien là où elle l'escomptait : juste en dessous du judas, devant la porte en fer qui empêchait sa fuite du Labyrinthe.

Il était là, une main sur la hanche, l'autre tenant incliné le bâton, au bout duquel était accroché le doux feu follet – le bâton de bois aussi haut que lui. Sa tête, à environ deux mètres en dessous d'elle, était un peu penchée sur le côté. Ses vêtements étaient ceux de tout homme voyageant l'hiver, ou de tout pèlerin : un manteau court, épais, une tunique de cuir, des jambières de laine, des sandales lacées ; il avait sur le dos un léger paquetage, d'où pendait une gourde, et un couteau dans une gaine à sa hanche. Il se tenait là, comme une statue, tranquille et pensif.

Lentement, il éleva son bâton et en dirigea l'extrémité lumineuse vers la porte, qu'Arha ne pouvait voir de son judas. La lumière changea, se fit moins diffuse et plus claire, d'un éclat intense. Il parla à voix haute. Son langage était inconnu d'Arha, mais plus inconnue encore la voix, grave et sonore.

La lumière sur le bâton s'intensifia, vacilla, diminua. Pendant un moment elle s'éteignit tout à fait, et Arha ne le vit plus.

Le feu violet pâle du marais reparut, soutenu, et elle vit que l'homme se détournait de la porte. Le charme d'ouverture n'avait pas opéré. Le pouvoir qui maintenait le verrou solidement fermé sur cette porte était plus fort que toute sa magie.

Il regarda autour de lui, comme s'il eût pensé : Et maintenant, quoi faire ?

Le tunnel ou couloir dans lequel il se trouvait était large de deux mètres environ. Le plafond était à quelque trois ou quatre mètres du sol. En cet endroit, les murs étaient de pierre taillée, assemblée sans mortier mais avec beaucoup de soin et de précision, si bien que l'on pouvait à peine glisser la pointe d'un couteau entre deux pierres. Elle s'incurvaient à mesure qu'elles montaient vers le sommet, afin de former une voûte.

Il n'y avait rien d'autre.

Il se mit à avancer. Une foulée l'emmena hors du champ visuel d'Arha. La lumière s'évanouit. Arha s'apprêtait à replacer l'étoffe et le carreau, lorsqu'à nouveau le doux rayon de lumière s'éleva du sol devant elle. L'homme était revenu à la porte. Peut-être s'était-il rendu compte que, s'il la quittait pour pénétrer dans le dédale, il était peu probable qu'il la retrouve.

Il parla : une seul mot, à voix basse. « *Emenn* », dit-il puis une nouvelle fois, plus fort : « *Emenn!* » Et la porte de fer grinça dans ses chambranles, et de sourds échos roulèrent au long du tunnel en voûte, comme le tonnerre, et il sembla à Arha que le sol tremblait sous elle.

Mais la porte resta close.

Il rit alors, d'un rire bref, celui d'un homme qui réfléchit :

« Quel idiot je fais! » Il parcourut les murs des yeux une autre fois, et comme il levait la tête, Arha vit le sourire qui s'attardait sur son visage sombre. Puis il s'assit, défit son paquetage et en sortit un morceau de pain sec, qu'il se mit à mâchonner. Il déboucha sa gourde en cuir et la secoua ; elle semblait légère dans sa main, comme si elle eût été presque vide. Il remit en place le bouchon sans boire. Il posa son sac derrière lui en guise d'oreiller, étendit son manteau sous lui et s'allongea. Le bâton était dans sa main droite. Comme il se couchait, la petite boule, ou ce tortillon de lumière, se détacha du bâton et alla se suspendre, avec un faible éclat, derrière sa tête, à quelques pieds du sol. Sa main gauche reposait sur sa poitrine, serrant quelque chose qui pendait d'une lourde chaîne à son cou. Il était étendu de manière tout à fait confortable, les jambes croisées sur les chevilles ; son regard errant se posa sur le judas puis s'en détacha ; il soupira et ferma les yeux. La lumière s'affaiblit peu à peu. Il dormait.

La main serrée sur sa poitrine se détendit et glissa sur le côté, et Arha qui l'observait en haut, vit alors quel talisman il portait à sa chaîne : un morceau de métal brut, en forme de croissant, semblait-il.

La lueur faible due à son pouvoir magique s'éteignit. Il reposait dans le silence et les ténèbres.

Arha remit en place l'étoffe et le carreau, se releva doucement et se glissa jusqu'à sa chambre. Là, elle resta longtemps étendue, éveillée, dans l'obscurité ou vociférait le vent, conservant devant les yeux la splendeur cristalline qui avait scintillé dans la maison de la mort, le feu discret qui ne brûlait point, les pierres de la paroi du tunnel, le visage paisible de l'homme endormi.

VI

LE PIÈGE

LE jour suivant, quand elle eut accompli ses devoirs dans les différents temples, et enseigné les danses sacrées aux novices, elle s'esquiva vers la Petite Maison et, faisant l'obscurité dans la pièce, ouvrit le judas pour scruter le tunnel. Il n'y avait pas de lumière. Il était parti. Elle ne pensait pas le voir rester longtemps devant la porte inutile, mais c'était le seul endroit où elle pût observer. Comment allait-elle le retrouver maintenant qu'il s'était perdu?

Les tunnels du Labyrinthe, selon les dires de Thar et sa propre expérience, s'étendaient, avec tous les méandres, leurs embranchements, leurs spirales et culs-de-sac, sur plus de trente kilomètres. L'impasse la plus éloignée des Tombeaux ne devait pas être à beaucoup plus d'un kilomètre en ligne droite. Mais sous terre il n'existait pas de ligne droite. Tous les tunnels s'incurvaient, se divisaient, se rejoignaient, se ramifiaient, s'entrecroisaient, formaient des boucles, traçaient des chemins qui finissaient où ils avaient commencé, car il n'y avait pas de commencement, et pas de fin. On pouvait marcher, marcher, et marcher, sans arriver nulle part, car il n'y avait nulle part où arriver. Il n'y avait pas de centre, pas de cœur à ce dédale. Et, une fois la porte fermée, il n'y avait pas de fin. Aucune direction n'était la bonne.

Bien que les directions et les tournants vers les différentes chambres et régions fussent bien ancrés dans le mémoire d'Arha, elle avait quand même emporté, dans ses explorations les plus longues, une balle de fine laine, qu'elle avait laissée se dérouler derrière elle, et rebobinée sur le chemin du retour. Car si elle manquait l'un des virages ou des passages qu'il fallait dénombrer, même elle pouvait se perdre. Une lumière ne servait à rien, car il n'y avait pas de repères. Tous les couloirs, toutes les portes et toutes les ouvertures étaient semblables.

Il avait pu à présent parcourir des kilomètres, et n'être cependant qu'à douze mètres de la porte par laquelle il était entré.

Elle se rendit à la Salle du Trône, au temple des Dieux Jumeaux et à la cave sous les cuisines, et, choisissant un moment où elle était seule, scruta par tous les judas les ténèbres froides et épaisses. Quand vint la nuit, glaciale et enflammée d'étoiles, elle alla en certains endroits de la Colline, leva certaines pierres, balaya la terre, et regarda à nouveau en bas, pour y voir l'obscurité sans étoiles.

Il était là. Il fallait qu'il soit là. Pourtant il lui avait échappé. Il mourrait de soif avant qu'elle ne le trouve. Il faudrait qu'elle envoie Manan dans le Labyrinthe pour le retrouver, lorsqu'elle serait sûre qu'il était mort. C'était là une pensée insupportable. Tandis qu'elle était agenouillée, dans la clarté des étoiles, sur le sol âpre de la Colline, des larmes de rage montèrent à ses yeux.

Elle alla jusqu'au sentier qui descendait vers le temple du Dieu-Roi. Les colonnes aux chapiteaux gravés étincelaient de givre dans la lumière stellaire, blancs comme des ossements. Elle frappa à la porte de derrière, et Kossil la fit entrer.

« Qu'est-ce qui amène ici ma maîtresse? » dit la corpulente femme, froide et attentive.

– Prêtresse, il y a un homme dans le Labyrinthe. »

Kossil était prise au dépourvu; pour une fois se produisait une chose qu'elle n'avait pas prévue. Elle la fixa. Ses yeux semblèrent se gonfler un peu. L'esprit d'Arha fut traversé par l'idée que Kossil ressemblait beaucoup à Penthe imitant Kossil, et un fou rire naquit en elle, pour s'éteindre aussitôt, vite reprime.

– « Un homme? Dans le Labyrinthe? »

– « Un homme, un étranger. » Puis, comme Kossil continuait à le regarder avec incrédulité, elle ajouta : « Je peux reconnaître un homme, bien que j'en aie peu vu. »

Kossil dédaigna son ironie. « Comment un homme a-t-il pu s'introduire ici? »

– « Par sorcellerie, je pense. Sa peau est sombre, peut-être vient-il des Contrées de l'Interieur. Il est venu piller les Tombeaux. Je l'ai rencontre tout d'abord dans l'En-Dessous des Tombeaux sous les Pierres mêmes. Il a couru vers l'entree du Labyrinthe quand il s'est aperçu de ma présence, comme s'il savait où il allait. J'ai ferme la porte en fer derrière lui. Il a pratique des envoûtements, mais ils n'ont pas fait s'ouvrir la porte. Le matin il est reparti dans le dédale. Je n'arrive plus à le retrouver à present. »

– « A-t-il de la lumière? »

– « Oui. »

– « De l'eau? »

– « Une petite gourde, à demi pleine. »

– « Sa chandelle sera dejà consumee. » Kossil evaluait. « Quatre ou cinq jours. Peut-être six. A ce moment, vous pourrez envoyer mes gardiens en bas pour retirer le corps. Le sang devra être repandu devant le Trône et le... »

– « Non », dit Arha avec une vehemence soudaine, d'une voix stridente. « Je veux le retrouver vivant. »

La prêtresse contempla la jeune fille de toute sa hauteur massive. « Pourquoi? »

– « Pour... pour rendre son agonie plus longue. Il a commis un sacrilège envers les Innommables. Il a souille de lumière l'En-Dessous des Tombeaux. Il est venu derober aux Tombeaux leurs tresors. Son châtiment doit être pire que de mourir seul dans un tunnel. »

– « Oui », dit Kossil, qui avait l'air de reflechir. « Mais comment le capturerez-vous, maîtresse? C'est trop hasardeux. L'autre solution ne laisse pas place au hasard. N'y a-t-il point une salle pleine d'ossements quelque part dans le Labyrinthe, les ossements d'hommes qui y sont entrés et ne l'ont pas quitté?... Laissez les Ténébreux le punir à leur façon, selon leurs coutumes, les noires coutumes du Labyrinthe. La soif est une mort cruelle. »

– « Je sais », dit la jeune fille. Elle sortit dans la nuit, rabattant son capuchon sur sa tête pour se protéger du vent sifflant et glacé. Ne le savait-elle pas?

Il avait été puéril de sa part, et stupide, de s'adresser à Kossil. Elle n'avait pas à en attendre d'aide. Kossil elle-même ne savait rien; elle ne connaissait que l'attente sans émotion, et la mort qui venait à la fin. Elle ne comprenait pas. Elle ne voyait pas qu'il fallait retrouver cet homme. Cela ne devait pas se passer comme cela s'était passé avec les autres. Elle ne pourrait pas le supporter à nouveau. Puisqu'il fallait qu'il meure, que sa mort soit rapide, et en plein jour. Il serait sûrement plus séant que ce voleur, le premier homme depuis des siècles qui eût été assez courageux pour tenter de piller les Tombeaux, succombe sous le fil de l'épée. Il ne possédait même pas d'âme immortelle qui lui permette de renaître. Son fantôme errerait en gémissant par les couloirs. On ne pouvait pas le laisser mourir de soif là-bas, seul dans le noir.

Arha dormit très peu cette nuit-là. Le jour suivant fut empli par les rites et les devoirs. Elle passa la nuit à aller, en silence et sans lanterne, d'un judas à l'autre dans tous les bâtiments obscurs du Lieu, et sur la Colline balayée par le vent. Elle alla enfin se coucher dans le Petite Maison, deux ou trois heures avant l'aube, mais ne put trouver le sommeil. Le troisième jour, tard dans l'après-midi, elle alla se promener seule dans le désert en direction de la rivière, dont les eaux basses dans la sécheresse hivernale étaient gelées entre les roseaux. Le souvenir lui était venu qu'une fois, à l'automne, elle était allée très loin dans le Labyrinthe, au-delà des Six-Croix, et que, tout le long d'un couloir sinueux, elle avait entendu derrière les pierres le bruit de l'eau courante. Un homme assoiffé, s'il arrivait à cet endroit. n'y resterait-il pas? Il y avait des judas même là-bas· il lui fallait les chercher mais Thar lui avait montré chacun d'eux, l'année dernière, et elle les retrouva sans grande peine. Elle se rappelait l'emplacement et la forme des choses à la manière d'un aveugle : elle cherchait chaque cachette à tatons, et non du regard. Au deuxième judas, le plus éloigné des Tombeaux, quand elle releva sa capuche pour occulter la lumière, et qu'elle appliqua son œil au trou découpé dans un pan de roc plat, elle vit au-dessous d'elle la faible lueur de la lumière magique.

Il était là, à demi caché. Le judas donnait sur l'extrémité de l'impasse. Elle ne pouvait voir que son dos, son cou incliné, et son bras droit. Il était assis à l'angle des murs, et creusait les pierres de son couteau, une courte dague d'acier au manche incrusté de joyaux. La lame était cassée net. La pointe brisée gisait juste en dessous du judas. Il l'avait rompue en essayant de disjoindre les pierres, pour atteindre l'eau qu'il entendait courir, en un murmure clair dans le silence mort du souterrain, de l'autre côté du mur impénétrable.

Ses mouvements étaient apathiques. Il était très différent, après ces trois nuits et ces trois jours, du personnage qui se tenait, souple et calme, devant la porte en fer, et qui avait ri de sa propre défaite. Il s'obstinait encore, mais le pouvoir l'avait quitté. Il ne possédait pas le charme pour écarter ces pierres, mais devait se servir de son couteau inutile. Jusqu'à sa lumière enchantée qui était faible et pâlotte. Sous le regard d'Arha, la lumière vacilla; l'homme eut un sursaut, et laissa tomber sa dague. Puis, avec obstination, il la ramassa et tenta d'introduire la lame brisée entre les pierres.

Etendue entre les roseaux pris dans la glace, sur la berge, sans conscience de ce qu'elle faisait ni l'endroit où elle se trouvait, Arha colla sa bouche à la bouche froide du rocher, et mit sa main en porte-voix. « Sorcier! » dit-elle, et sa voix, par la gorge de pierre, glissa en un murmure froid dans le souterrain.

L'homme sursauta et se releva avec peine, sortant ainsi de son champ de vision lorsqu'elle voulut le regarder. Elle colla de nouveau sa bouche au judas et dit : « Longe le mur de rivière jusqu'au second tournant. Le premier tournant à gauche. Passes-en deux sur la droite, prends le troisième. Passes-en un à droite, prends le deuxième. Puis à gauche; ensuite à droite. Reste là, dans la Chambre Peinte. »

Se déplaçant encore pour l'apercevoir, elle dut laisser un rayon de lumière entrer dans le tunnel, l'espace d'un moment; car, lorsqu'elle regarda, il était revenu dans son champ visuel et levait les yeux vers l'ouverture. Son visage, dont elle voyait maintenant qu'il était balafré, était tendu et avide. Les lèvres étaient noires et parcheminées, les yeux brillants. Il leva son bâton, approchant de plus en plus la lumiere de ses yeux. Effrayée, elle recula, ferma le judas avec son couvercle de rocher, recouvrit celui-ci de pierres, se releva, et regagna promptement le Lieu. Elle s'aperçut que ses mains tremblaient, et plusieurs fois un vertige la saisit en chemin. Elle ne savait que faire.

S'il suivait les instructions qu'elle lui avait données, il allait revenir dans la direction de la porte en fer, vers la Chambre Peinte. Et il n'y avait rien, en cet endroit, aucune raison qu'il y allât. Un judas dans le plafond de la Chambre Peinte, très commode, était situé dans le trésor du temple des Dieux Jumeaux; peut-être était-ce pour cela qu'elle y avait pensé. Elle ne savait pas. Pourquoi lui avait-elle parlé?

Elle pouvait lui faire parvenir un peu d'eau par l'un des judas, puis le mener jusque-là. Cela le maintiendrait plus longtemps en vie. Aussi longtemps qu'elle le voudrait, en fait. Si elle descendait de l'eau et un peu de nourriture de temps à autre, il continuerait, des jours, des mois, à errer dans le Labyrinthe; et elle pourrait l'observer par les judas, et lui indiquer où trouver l'eau, parfois lui donner de fausses indications afin qu'il marche en vain; mais il lui faudrait toujours marcher. Cela lui apprendrait à se moquer des Innommables, à exhiber sa masculinité stupide dans les lieux de sépulture des Morts Immortels!

Mais, tant qu'il serait là, elle ne pourrait jamais pénétrer elle-même dans le Labyrinthe. Pourquoi? se demanda-t-elle à elle-même, et elle répondit : Parce qu'il pourrait s'enfuir par la porte en fer que je dois laisser ouverte derrière moi... Mais il ne pourrait aller plus loin que l'En-Dessous des Tombeaux. La vérité était qu'elle avait peur de se trouver face à lui. Elle avait peur de son pouvoir, des arts dont il avait fait usage pour pénétrer l'En-Dessous des Tombeaux, de la magie qui faisait vivre cette lumière. Et pourtant, y avait-il tant à redouter? Les puissances qui régnaient dans ces lieux de ténèbres étaient de son côté à elle. De toute évidence, il ne pouvait pas grand-chose, lui, dans le royaume des Innommables. Il n'avait pas ouvert la porte en fer; il n'avait pas fait apparaître de nourriture magique ni fait jaillir l'eau du mur, toutes choses qu'elle redoutait qu'il fît. Il n'avait pas même, en trois jours, trouvé la porte du Grand Trésor, qui était sûrement sa quête. Arha elle-même n'avait pas encore utilisé les instructions de Thar pour aller dans cette salle, remettant encore et sans cesse ce voyage, mue par une certaine crainte, une certaine hésitation et le sentiment que l'heure n'était pas encore venue.

A présent, elle pensait : Pourquoi ne ferait-il pas ce voyage à sa place? Il pourrait regarder à satiété tous les trésors des Tombeaux. Grand bien lui fasse! Elle pourrait se gausser de lui, et lui dire de manger l'or, et de boire les diamants.

Avec la hâte nerveuse et fiévreuse qui la possédait depuis trois jours, elle courut au temple des Dieux Jumeaux, ouvrit le petit trésor en voûte, et dégagea le judas dissimulé dans le sol.

La Chambre Peinte se trouvait au-dessous, mais dans un noir de poix. Le chemin que l'homme devait suivre dans le dédale était beaucoup plus détourné plus long peut-être de plusieurs kilomètres : cela, elle l'avait oublié. Et, sans aucun doute, il était affaibli et ne marchait pas vite. Peut-être allait-il oublier ses instructions et prendre un mauvais tournant. Peu de gens étaient capables de se souvenir des directives à la première audition, comme elle pouvait le faire. Peut-être même n'avait-il pas compris la langue qu'elle parlait. S'il en était ainsi, qu'il continue d'errer jusqu'à ce qu'il s'écroule et meure dans le noir, l'idiot, l'étranger, l'incroyant. Que son fantôme arpente en gémissant les routes pierreuses des Tombeaux d'Atuan jusqu'à ce qu'il soit lui-même dévoré par les ténèbres...

Très tôt le matin suivant, après une nuit d'un sommeil parcimonieux rempli de mauvais rêves, elle retourna au judas, dans le petit temple. Elle regarda en bas et ne vit rien : l'obscurité était totale. Elle descendit au bout d'une chaîne une chandelle allumee, dans une petite lanterne d'étain. Il était là, dans la Chambre Peinte. Elle vit, à la lueur de la chandelle, ses jambes et une main flasque. Elle parla dans le judas, qui était large, de la taille d'une dalle : « Sorcier! »

Aucun mouvement. Etait-il mort? Etait-ce là toute la force qu'il recelait en lui? Elle ricana: son cœur battait à grands coups. « Sorcier! » cria-t-elle, d'une voix qui résonna dans la chambre caverneuse. Il remua, et s'assit lentement, regardant autour de lui d'un air égaré. Au bout d'un moment, il leva les yeux, et cilla sous la petite lanterne qui pendait du plafond. Son visage était terrible à voir, enflé et noir comme celui d'une momie.

Il allongea la main vers son bâton qui gisait sur le sol auprès de lui, mais aucune lumière ne fleurit sur le bois. Il avait perdu tout pouvoir.

« Veux-tu voir le trésor des Tombeaux d'Atuan, sorcier? »

Il leva la tête avec lassitude, loucha devant la lumière de la lanterne, qui était tout ce qu'il pouvait apercevoir. Au bout d'un instant, avec une grimace qui aurait pu être le début d'un sourire, il hocha la tête une fois.

« Sors de cette chambre par la gauche. Prends le premier couloir à gauche... » Elle récita hâtivement la longue suite d'indications, sans s'arrêter, et à la fin dit : « Là, tu trouveras le trésor que tu es venu chercher. Et là aussi, peut-être, de l'eau. Que préférerais-tu en ce moment, sorcier? »

Il se leva, prenant appui sur son bâton. Dirigeant vers elle un regard qui ne pouvait la voir, il tenta de dire quelque chose, mais sa gorge sèche n'avait pas de voix. Il haussa les épaules, et quitta la Chambre Peinte.

Elle ne lui donnerait point d'eau. Il ne trouverait jamais, jamais, le chemin de la Chambre au Trésor, de toute façon. Les instructions étaient trop longues pour qu'il se les rappelle; et il y avait le Puits, s'il arrivait jusque-là. Il était à présent dans le noir. Il se perdrait, et finirait par s'écrouler et mourir quelque part dans les couloirs étroits, profonds et secs. Et Manan le trouverait et le traînerait au-dehors. Et ce serait la fin. Arha étreignit de ses mains le couvercle du judas et balança son corps accroupi d'avant en arrière, d'arrière en avant, se mordant la lèvre comme pour résister à une douleur terrible. Elle ne lui donnerait pas d'eau. Elle ne lui donnerait pas d'eau. Elle lui donnerait la mort, la mort, la mort, la mort...

A cette heure grise de sa vie, Kossil vint à elle, et entra à pas lourds dans la Chambre au Trésor, énorme dans ses robes noires d'hiver.

« L'homme est-il déjà mort? »

Arha leva la tête. Il n'y avait pas de larmes dans ses yeux, et donc rien à cacher.

– « Je pense que oui », dit-elle, se relevant et époussetant ses jupes. « Sa lumière s'est éteinte. »

– « Il essaie peut-être de nous tromper. Ceux-qui-n'ont-pas-d'âme sont très rusés. »

– « J'attendrai une journée pour être sûre. »

– « Oui, ou deux jours. Ensuite, Duby pourra descendre et ramener son corps. Il est plus fort que le vieux Manan. »

– « Mais Manan est au service des Innommables, et pas Duby. Il y a des endroits dans le Labyrinthe où Duby ne doit pas aller, et le voleur se trouve dans l'un de ceux-là. »

– « En ce cas, l'endroit est déjà souillé... »

– « Il sera lavé par sa mort », dit Arha. Elle pouvait voir à l'expression de Kossil que son propre visage devait avoir quelque chose d'étrange. « Ceci est mon domaine, prêtresse. Je dois y veiller comme mes Maîtres me l'ordonnent. Je n'ai nul besoin d'autres leçons sur la mort. »

Le visage de Kossil parut rentrer dans le capuchon noir, telle une tortue du désert dans sa carapace, revêche, lente, et froide. « Très bien, maîtresse. »

Elles se séparèrent devant l'autel des Dieux Jumeaux. Arha partit, sans hâte cette fois, vers la Petite Maison, et appela Manan pour qu'il l'accompagne. Depuis qu'elle avait parlé à Kossil, elle savait ce qu'il convenait de faire.

Manan et elle gravirent ensemble la colline, pénétrèrent dans la Salle, descendirent dans l'En-Dessous des Tombeaux. Unissant leurs efforts pour tirer sur la longue poignée, ils ouvrirent la porte en fer du Labyrinthe. Là, ils allumèrent leurs lanternes, et entrèrent. Arha ouvrait le chemin, conduisant à la Chambre Peinte, et de là vers le Grand Trésor.

Le voleur n'était pas allé très loin. Elle et Manan n'avaient pas parcouru cinq cents pas dans leur course tortueuse quand ils le trouvèrent recroquevillé dans l'étroit couloir comme un tas de guenilles abandonné. Il avait laissé tomber son bâton avant de s'écrouler; il gisait à quelque distance de lui. Sa bouche était sanglante, ses yeux mi-clos.

« Il est vivant », dit Manan, en s'agenouillant, sa grosse main jaune sur la gorge sombre, palpant le pouls. « Dois-je l'étrangler, maîtresse? »

– « Non. Je le veux vivant. Ramasse-le et ramène-le. »

– « Vivant? » fit Manan, troublé. « Pour quoi faire, petite maîtresse? »

– « Pour être esclave des Tombeaux! Cesse ce bavardage et fais comme je te dis. »

Le visage plus mélancolique que jamais, Manan obéit, hissant avec effort le jeune homme sur son épaule, comme un long sac. Ainsi chargé, il suivit Arha en trébuchant. Il ne pouvait pas accomplir ce long trajet d'une traite, avec ce fardeau. Ils firent halte une douzaine de fois durant le voyage de retour, afin que Manan reprenne son souffle. A chaque halte, le couloir était le même : les pierres jaune-gris, étroitement jointes, s'élevant en voûte, le sol rocheux inégal, l'air mort; Manan qui grognait et haletait, l'étranger qui gisait sans mouvement, les deux lanternes dont la lueur sourde formait un dôme de lumière qui allait se rétrécissant et se perdait dans l'ombre du couloir, dans les deux directions. A chaque pause, Arha faisait couler un peu d'eau de la gourde qu'elle avait apportée dans la bouche sèche de l'homme, un peu à la fois, de crainte que la vie, en revenant, ne le tue.

« A la Chambre des Chaînes? » demanda Manan, comme ils se trouvaient dans le passage menant à la porte en fer; à ces mots, Arha s'aperçut qu'elle n'avait pas encore réfléchi à l'endroit où elle devait emmener le prisonnier. Elle l'ignorait.

– « Pas là, non », dit-elle, le cœur soulevé comme chaque fois au souvenir de la fumée et de la puanteur, et des visages embrouillés, muets, aveugles. Et Kossil pouvait se rendre à la Chambre des Chaînes. « Il... il doit rester dans le Labyrinthe afin qu'il ne puisse recouvrer son pouvoir magique. Où y a-t-il une pièce?... »

– « La Chambre Peinte a une porte, un verrou et un judas, maîtresse. Si vous êtes sûre qu'il ne peut ouvrir les portes. »

– « Il n'a aucun pouvoir, ici-bas. Amène-le là, Manan. »

Ainsi, Manan le traîna à la Chambre, refaisant la moitié du chemin déjà parcouru trop fatigué et trop essoufflé pour protester. Quand ils arrivèrent enfin dans la Chambre Peinte, Arha se dépouilla de son long et lourd manteau d'hiver en laine, et l'étendit sur le sol poussiéreux. « Pose-le là-dessus », dit-elle.

Manan la dévisagea, consterné et mélancolique, et siffla : « Petite maîtresse... »

– « Je veux que cet homme vive, Manan. Il va mourir de froid, vois comme il tremble en ce moment. »

– « Votre vêtement sera souillé. Le vêtement de la Prêtresse! C'est un incroyant, un homme », laissa échapper Manan, ses petits yeux plissés comme sous l'effet de la douleur.

– « En ce cas, je brûlerai le manteau et m'en ferai tisser un autre! Allons, Manan! »

Il se courba alors, docile, et laissa glisser de son dos le prisonnier sur le manteau noir. L'homme gisait immobile comme la mort, mais sa gorge était soulevée d'une forte pulsation, et de temps en temps un spasme faisait frissonner tout son corps.

« Il faudrait l'enchaîner », dit Manan.

– « A-t-il l'air dangereux? » railla Arha; mais quand Manan lui montra un moraillon de fer encastré dans les pierres, auquel on pouvait attacher le prisonnier, elle le laissa aller quérir une chaîne et des anneaux dans la Chambre des Chaînes. Il s'éloigna en grommelant par les couloirs, marmottant pour lui-même les directions à suivre; il avait déjà fait ce chemin, mais jamais seul.

A la lueur de son unique lanterne, les peintures sur les quatre murs paraissaient bouger, se contracter, grossières formes humaines aux longues ailes tombantes, debout ou accroupies dans une tristesse éternelle.

Elle s'agenouilla et laissa couler de l'eau, par petites quantités, dans la bouche du prisonnier. Il finit par tousser, et ses mains se tendirent faiblement vers la gourde. Elle le laissa boire. Il se recoucha, le visage tout mouillé, barbouillé de poussière et de sang, et murmura quelque chose, un mot ou deux, dans une langue qu'elle ignorait.

Manan revint enfin, traînant des chaînes de fer, un énorme cadenas avec sa clé, et un anneau qui s'adaptait à la taille du prisonnier. « Ce n'est pas assez serré, il peut se dégager », marmonna-t-il en fixant le dernier chaînon à l'anneau serti dans le mur.

– « Non, regarde. » Moins craintive à présent à l'égard de son prisonnier, Arha montra qu'elle ne pouvait glisser sa main entre l'anneau de fer et les côtes de l'homme. « A moins qu'il ne jeûne durant plus de quatre jours. »

– « Petite maîtresse », fit plaintivement Manan, « Je ne conteste pas, mais... comment peut-il servir d'esclave aux Innommables? C'est un homme, petite. »

– « Et tu es un vieil imbécile, Manan. Viens donc, et cesse de faire des embarras. »

Le prisonnier les observait avec des yeux brillants et las.

« Où est son bâton, Manan? Ici. Je le prends. Il renferme un pouvoir magique. Oh, et je prends ça aussi! » Et d'un mouvement vif, elle saisit la chaîne d'argent qui sortait de l'encolure de la tunique et la fit passer par-dessus la tête de l'homme, bien qu'il essayât de lui saisir le bras pour l'arrêter. Manan lui envoya un coup de pied dans le dos. Elle balança la chaîne au-dessus de lui, hors de son atteinte. « Est-ce là ton talisman, sorcier? T'est-il précieux? Il ne semble pas de grande valeur; ne pouvais-tu t'en payer de meilleur? Je vais le mettre en sûreté pour toi. » Et elle glissa la chaîne par-dessus sa tête, cachant le pendentif sous le lourd col de sa robe en laine.

– « Vous ignorez son usage », dit-il d'une voix enrouée, et prononçant de façon incorrecte les mots en langue kargue, mais cependant compréhensible.

Manan le frappa à nouveau; il émit un petit grognement de douleur et ferma les yeux.

« Laisse-le, Manan. Viens. »

Elle sortit de la pièce. En grommelant, Manan la suivit.

Cette nuit-là, quand toutes les lumières du Lieu furent éteintes, elle gravit à nouveau la colline, seule. Elle remplit sa gourde au puits de la salle derrière le Trône, et descendit l'eau et un grand gâteau plat de sarrasin sans levain dans la Chambre Peinte du Labyrinthe. Elle les plaça à portée du prisonnier, derrière la porte. Il était endormi, et ne fit pas un mouvement. Elle regagna la Petite Maison, et cette nuit-là, dormit elle aussi, longtemps et profondément.

Tôt dans l'après-midi, elle retourna seule au Labyrinthe. Le pain avait disparu, la gourde était à sec, et l'étranger était assis, le dos contre le mur. Son visage avait toujours l'aspect hideux dû à la saleté et aux cicatrices, mais son expression était vive.

Elle traversa la pièce pour se placer hors de son atteinte, tout enchaîné qu'il fût, et le regarda. Puis elle détourna les yeux. Mais elle ne savait où les poser. Quelque chose l'empêchait de parler. Son cœur battait comme si elle eût peur. Elle n'avait cependant aucune raison d'avoir peur de lui. Il était à sa merci.

« C'est agréable d'avoir de la lumière », dit-il de sa voix douce mais grave, qui la troublait tant.

– « Quel est ton nom ? » interrogea-t-elle, péremptoire. Sa propre voix, pensa-t-elle, sonnait de façon inhabituelle, grêle et haut perchée.

– « Eh bien, le plus souvent on m'appelle Epervier. »

– « Epervier ? Est-ce là ton nom ? »

– « Non. »

– « Alors, quel est-il ? »

– « Je ne puis vous le dire. Etes-vous l'Unique Prêtresse des Tombeaux ? »

– « Oui. »

– « Comment vous appelez-vous ? »

– « Arha. »

– « *Celle qui fut dévorée.* Est-ce bien ce que cela signifie ? Ses yeux noirs la scrutaient intensément. Il eut un petit sourire. « Quel est votre nom ? »

– « Je n'ai pas de nom. Ne me pose pas de questions. D'où viens-tu ? »

– « Des Contrées de l'Intérieur, de l'Ouest. »

– « De Havnor ? »

C'était le seul nom de cité ou d'île des Contrées de l'Intérieur qu'elle connût.

– « Oui, de Havnor. »

– « Dans quel but es-tu venu ici ? »

– « Les Tombeaux d'Atuan sont fameux parmi les miens. »

– « Mais tu es un infidèle, un incroyant. »

Il secoua la tête. « Oh non, Prêtresse. Je crois aux puissances des Ténèbres ! J'ai rencontré les Innommables, en d'autres lieux. »

– « Quels autres lieux ? »

– « Dans l'Archipel – les Contrées de l'Intérieur – il est des lieux qui appartiennent aux Anciennes Puissances de la Terre, comme celui-ci. Mais aucun d'eux n'est aussi fameux. Nulle part ailleurs il n'y a de temple, ni de prêtresse, nulle part on ne leur rend un tel culte. »

« Tu es venu les adorer », dit-elle, railleuse.

– « Je suis venu les piller. »

Elle contempla son visage grave. « Fanfaron ! »

– « Je savais que ce ne serait pas facile. »

– « Facile ? C'est impossible ! Si tu n'étais pas un incroyant, tu saurais cela. Les Innommables veillent sur ce qui est leur. »

– « Ce que je cherche n'est pas à eux. »

– « C'est à toi, sans doute ? »

– « Je puis le revendiquer. »

– « Qu'est-tu donc – un dieu ? Un roi ? » Elle le toisa, enchaîné, sale, épuisé. « Tu n'es rien d'autre qu'un voleur ! »

Il ne souffla mot, mais son regard soutint le sien.

« Tu ne dois pas me regarder ! » dit-elle d'une voix aiguë.

– « Madame », dit-il, « Je ne voulais pas vous offenser. Je suis un étranger, un intrus. Je ne connais pas vos usages, non plus que les égards dus à la Prêtresse des Tombeaux. Je suis à votre merci, et vous demande pardon si je vous ai offensée. »

Elle resta silencieuse, et en un instant sentit le sang affluer à ses joues, brûlant, absurde. Mais il ne la regardait pas et ne la vit pas rougir. Il avait obéi et détourné son regard sombre.

Aucun d'eux ne parla pendant un temps. Les figures peintes, tout autour, les fixaient de leurs yeux tristes et aveugles.

Elle avait apporté une cruche en grès pleine d'eau. Les yeux de l'homme erraient sans cesse dans cette direction, et au bout d'un moment, elle dit : « Bois, si tu veux. »

Il se jeta aussitôt sur la cruche, et la soulevant comme si elle eût été aussi légère qu'une coupe de vin, but une longue, longue gorgée. Puis il humecta un coin de sa manche et nettoya de son mieux son visage et ses mains de la crasse, du sang séché et des toiles d'araignée. Cela lui prit un certain temps, et la jeune fille l'observait. Quand il eut terminé, il avait meilleur aspect, mais cette toilette de chat révélait les cicatrices qu'il portait sur un côté de son visage : de vieilles cicatrices depuis longtemps guéries, blanchâtres sur sa peau sombre, quatre sillons parallèles, de l'œil à la machoire, comme tracés par les griffes d'une serre immense.

« Qu'est-ce donc? » demanda-t-elle. « Cette cicatrice. »

Il ne répondit pas tout de suite.

– « Un dragon? » fit-elle, dans une tentative ironique. N'était-elle pas venue ici pour narguer sa victime, le tourmenter en lui démontrant son impuissance?

– « Non, pas un dragon. »

– « Tu n'es donc pas Maître des Dragons, du moins. »

– « Si », dit-il, avec une certaine réticence. « Je *suis* Maître des Dragons. Mais les cicatrices datent d'avant cela. Je vous ai dit que j'ai déjà rencontré les Puissances des Ténèbres, en d'autres endroits de la Terre. Ce que vous voyez sur mon visage est la marque d'un allié des Innommables. Mais celui-là n'est plus innommable, car j'ai fini par apprendre son nom. »

– « Que veux-tu dire? Quel nom? »

– « Je ne puis vous le révéler », fit-il en souriant, bien que son visage demeurât grave.

– « C'est une absurdité, un bavardage de fou, un sacrilège. Ils sont les Innommables! Tu ne sais pas de quoi tu parles... »

– « Si, Prêtresse! Même mieux que vous », dit-il, tandis que sa voix devenait plus profonde. « Regardez encore! » Il tourna la tête de sorte qu'elle fût obligée de voir les quatre terribles marques en travers de sa joue.

« Je ne te crois pas », dit-elle, la voix tremblante.

– « Prêtresse », dit-il doucement; « vous n'êtes pas très vieille; vous ne pouvez être depuis très longtemps au service des Ténébreux. »

– « Mais si. Depuis très longtemps! Je suis la Première Prêtresse, la Réincarnée. Je sers mes maîtres depuis un millier d'années, et un millier d'années encore avant cela. Je suis leur servante, et leur voix et leurs mains. Et je suis leur vengeance sur ceux qui souillent les Tombeaux et contemplent ce qui ne doit pas être vu! Cesse de mentir et de te vanter; ne vois-tu pas qu'il suffit d'un mot pour que mon garde vienne et te tranche la tête? Et si je m'en vais et verrouille cette porte, personne ne viendra, jamais, et tu mourras ici dans le noir, et ceux que je sers mangeront ta chair et dévoreront ton âme, et ne laisseront que tes os dans la poussière. »

Il hocha la tête d'un air calme.

Elle bredouilla, et ne trouvant plus rien à dire, quitta la pièce d'un air majestueux, bouclant sur elle la porte avec un bruit retentissant. Qu'il croie donc qu'elle ne reviendrait plus! Qu'il sue de peur, là dans le noir, qu'il la maudisse et tremble, et tente d'opérer ses charmes inutiles et détestables!

Mais en pensée elle le vit s'étirer avant de dormir, comme elle l'avait vu faire devant la porte en fer, serein comme un mouton dans un pré ensoleillé.

Elle cracha sur la porte verrouillée, fit le signe qui écartait la souillure, et s'en alla, presque en courant, dans l'En-Dessous des Tombeaux.

Comme elle longeait le mur pour se rendre à la trappe dans la Salle, ses doigts effleuraient les plans et les nervures fines du rocher, pareils à une dentelle figée. Le désir la saisit d'allumer sa lanterne, pour revoir, juste un instant, la pierre ciselée par le temps, le chatoiement délicat des murs. Elle ferma les yeux très fort et poursuivit en hâte son chemin.

VII

LE GRAND TRÉSOR

JAMAIS les rites et les tâches quotidiennes n'avaient paru si nombreux, si insignifiants, ni si longs. Les petites filles au visage pâle et aux manières furtives, les novices agitées, les prêtresses dont l'apparence était austère et froide mais dont la vie n'était qu'un secret mélange de jalousies, de misères, de petites ambitions et de vaines passions – toutes ces femmes, parmi lesquelles elle avait toujours vécu et qui constituaient pour elle l'humanité, lui apparaissaient maintenant à la fois pitoyables et ennuyeuses.

Mais elle, qui servait les grandes puissances, elle, la prêtresse de la Nuit inexorable, était affranchie de cette médiocrité. Elle n'avait pas à se soucier de la mesquinerie écrasante de la vie commune, de ces journées dont le seul plaisir à espérer était d'obtenir sur ses lentilles une plus grosse louche de graisse de mouton que la voisine... Elle était entièrement affranchie de ces journées. Sous terre, il n'y avait pas de jours. Il n'y avait seulement et toujours que la nuit.

Et dans cette nuit sans fin, le prisonnier : l'homme noir, praticien d'arts noirs, enchaîné par le fer et enfermé par la pierre, qui attendait qu'elle vienne, ou ne vienne pas, qu'elle lui apporte de l'eau, du pain et la vie, ou un couteau et une bassine de sacrifice, et la mort, selon sa fantaisie.

Elle n'avait parlé de l'homme qu'à Kossil, et Kossil n'en avait parlé à personne d'autre. Il était dans la

Chambre Peinte depuis trois jours et trois nuits à présent, et Kossil ne s'était pas encore enquise de lui auprès d'Arha. Peut-être supposait-elle qu'il était mort, et qu'Arha avait fait porter par Manan son cadavre dans la Chambre des Ossements. Cela ne ressemblait pas à Kossil de prendre quoi que ce soit pour argent comptant : mais Arha se disait que son silence n'avait rien d'étrange. Kossil aimait que tout fût tenu secret, et détestait poser des questions. En outre, Arha lui ayant dit de ne pas s'immiscer dans ses affaires, Kossil ne faisait qu'obéir.

Cependant, si l'homme était censé être mort, Arha ne pouvait demander de nourriture pour lui. Aussi, à part quelques pommes et des oignons séchés volés dans les caves de la Grande Maison, elle se passait de nourriture. Elle se faisait porter les repas du matin et du soir à la Petite Maison, prétendant qu'elle voulait manger seule, et chaque nuit descendait les aliments à la Chambre Peinte dans le Labyrinthe, excepté les soupes. Elle avait l'habitude de jeûner, jusqu'à quatre jours de suite, et n'y attachait pas d'importance. L'être prisonnier dans le Labyrinthe avalait ses maigres portions de pain, de fromage et de haricots comme un crapaud gobe une mouche : un coup de dent, et tout avait disparu. De toute évidence, il aurait pu en manger cinq ou six fois plus; mais il la remerciait calmement, comme s'il eût été son invité et elle l'hôtesse, à une table comme celle dont elle avait entendu parler, dans les festins du palais du Dieu-Roi, garnie de viandes rôties et de pain beurré, et de vin en flacons de cristal. Il était très bizarre.

« A quoi ressemblent les Contrées de l'Intérieur? »

Elle avait apporté un petit tabouret d'ivoire pliant, à pieds croisés, afin de ne pas rester debout tandis qu'elle le questionnait, sans pourtant devoir s'asseoir par terre, à son niveau.

– « Eh bien, il y a plusieurs îles. Quatre fois quarante, dit-on, dans l'Archipel seul, et puis il y a les Lointains; nul n'a jamais parcouru les Lointains en entier, ni compté toutes les terres. Et chacune est différente des autres. Mais la plus belle de toutes est peut-être Havnor, le grand pays au centre du monde. Au cœur de Havnor, sur une vaste baie emplie de vaisseaux, se trouve la Cité de Havnor. Les tours en sont de marbre blanc. La maison de chaque prince et de chaque marchand comporte une tour, et elles se dressent plus haut les unes que les autres. Les toits sont de tuile rouge, et tous les ponts sur les canaux sont couverts de mosaïque, rouge, bleue et verte. Et les bannières des princes sont de toutes les couleurs, et flottent sur les tours blanches. Sur la plus haute de toutes se dresse l'Épée d'Erreth-Akbe, tel un pinacle, vers le ciel. Quand le soleil se lève sur Havnor, c'est sur cette lame qu'il se reflète d'abord, et il la fait étinceler; et quand il se couche, l'Épée est d'or, et demeure ainsi encore un moment après la tombée du soir. »

– « Qui était Erreth-Akbe? » dit-elle insidieusement.

Il leva les yeux vers elle, ne dit rien, mais sourit légèrement. Puis, comme après réflexion, il dit : « Il est vrai que vous ne devez pas savoir grand-chose de lui ici. Seulement sa venue en pays Kargue, peut-être. Et de cette histoire, que savez-vous? »

– « Qu'il a perdu son bâton de magicien, son amulette et son pouvoir – comme toi », répondit-elle. « Il a échappé au Grand Prêtre et a fui vers l'Ouest, et les dragons l'ont tué. Mais s'il était venu jusqu'aux Tombeaux, les dragons auraient été inutiles. »

– « C'est juste », dit le prisonnier.

Elle ne voulait pas parler davantage d'Erreth-Akbe, pressentant le danger de ce sujet. « C'était un Maître des Dragons, raconte-t-on. Et tu dis en être un. Explique-moi ce qu'est un Maître des Dragons. »

Son ton était toujours railleur, et les réponses de l'homme simples et directes, comme s'il l'eût crue de bonne foi.

– « Quelqu'un à qui les dragons acceptent de parler. C'est cela, un Maître des Dragons; ou du moins, c'est là l'essentiel de l'affaire. Il ne s'agit pas de dompter les dragons, comme le croient la plupart des gens. Les dragons en réalité n'ont pas de maîtres. La question est toujours la même, avec un dragon : vous parlera-t-il ou vous mangera-t-il? Si vous pouvez espérer qu'il fera la première chose, et pas la deuxième, alors vous êtes un Maître des Dragons. »

– « Les dragons peuvent parler? »

– « Certainement! Dans la Langue Ancienne, celle que nous autres hommes apprenons avec tant de difficulté et utilisons si mal, pour nos sorts et changements de forme. Aucun homme ne connaît ce langage en entier, ni même un dixième. Il n'a pas le temps de l'apprendre. Mais les dragons vivent un millier d'années... Cela vaut la peine de converser avec eux, comme vous pouvez le penser. »

– « Y a-t-il des dragons ici, à Atuan? »

– « Pas depuis des siècles, je crois, ni en Karego-At. Mais dans notre île la plus au nord, Hur-en-Hur, on dit qu'il se trouve encore de grands dragons dans les montagnes. Dans les Contrées de l'Intérieur, ils se tiennent tous maintenant à l'extrême ouest, le Lointain Ouest, dans des îles où nul homme ne vit et où peu accostent. S'ils ont faim, ils attaquent les territoires de l'Est; mais cela est rare. J'ai vu l'île où ils se réunissent pour danser. Ils volent, avec leurs ailes immenses, en spirales, d'avant en arrière, de plus en plus haut sur la mer de l'Ouest, comme un tourbillon de feuilles jaunies en automne. » Emplis de cette vision, ses yeux regardaient des murs et de la terre et des ténèbres, et voyaient la haute mer s'étirer à l'infini vers le couchant, les dragons dorés sur le vent doré.

– « Tu mens », dit la jeune fille avec violence, « tu inventes cela de toutes pièces. »

Il la regarda, interloqué. « Pourquoi mentirais-je, Arha? »

– « Pour me donner le sentiment d'être stupide, et craintive. Pour te donner l'air d'être sage, brave et puissant, un Maître des Dragons, et que sais-je encore? Tu as vu des dragons danser, et les tours de Havnor, et tu sais tout sur tout. Et moi je ne sais rien du tout et ne suis allée nulle part. Mais tes connaissances ne sont que mensonges! Tu n'es qu'un voleur, un prisonnier, tu n'as pas d'âme, et tu ne ressortiras jamais d'ici. Peu importe qu'il y ait des océans, des dragons et des tours blanches, et tout le reste, car tu ne les reverras jamais, tu ne reverras pas même la lumière du soleil. Moi, je ne connais que les ténèbres, la nuit souterraine. Et c'est tout ce qui existe vraiment. C'est tout ce qu'il y a à connaître, en fin de compte. Le silence, et le noir. Tu sais tout, sorcier. Mais moi je sais une chose – la seule chose qui soit vraie! »

Il courba la tête. Ses longues mains d'un brun cuivré étaient posées sur ses genoux, immobiles. Elle vit la quadruple cicatrice sur sa joue. Il était allé plus loin qu'elle dans les ténèbres; il connaissait la mort mieux qu'elle, même la mort... Un accès de haine surgit en elle, la suffoquant un instant. Pourquoi était-il aussi désarmé, et en même temps aussi fort? Pourquoi ne pouvait-elle le vaincre?

« C'est pour cela que je t'ai laissé en vie », dit-elle soudain, sans la moindre préméditation. « Je veux que tu m'enseignes comment se font les tours des magiciens. Tant que tu auras quelque art à me montrer, tu resteras en vie. Si tu n'en as point, si ce ne sont que bouffonneries et mensonges, alors j'en finirai avec toi. Comprends-tu? »

– « Oui. »

– « Parfait. Commence. »

Il mit sa tête dans ses mains une minute, et changea de position. La ceinture de fer ne lui en permettait aucune qui fût confortable, sauf s'il s'allongeait sur le ventre.

Il releva enfin la tête et parla avec gravité. « Écoutez, Arha. Je suis un Mage, ce que vous appelez un sorcier. Je possède certains arts et certains pouvoirs. C'est vrai. Il est vrai aussi que dans ce Lieu des Anciennes Puissances, ma force est peu de chose et mes talents ne me servent à rien. Je pourrais bien sûr vous montrer des tours d'illusion et toutes sortes de merveilles. C'est la part mineure de la sorcellerie. Je pouvais accomplir ces tours lorsque j'étais enfant; je puis les pratiquer même ici. Mais si vous y croyez, vous serez terrifiée; et vous voudrez peut-être me tuer, si la peur vous met en colère. Et si vous n'y croyez pas, vous n'y verrez que mensonges et bouffonneries, comme vous l'avez dit; et ainsi je perdrai également la vie. Et pour le moment, mon seul but et mon seul désir, c'est de rester en vie. »

Cela la fit rire, et elle dit : « Oh, tu resteras en vie un certain temps; ne le vois-tu donc pas? Tu es stupide! Très bien; montre-moi ces tours d'illusion. Je sais que ce sont des artifices et je n'aurai pas peur. Je n'aurais pas davantage peur si c'était vrai, soit dit en passant. Mais commence donc. Ta précieuse peau est sauve, pour ce soir, en tout cas. »

Il s'esclaffa à ces mots, comme elle venait de le faire elle-même. Ils se renvoyaient sa vie de l'un à l'autre, en jouant comme avec une balle.

– « Que souhaitez-vous que je vous montre? »

– « Que peux-tu me montrer? »

– « N'importe quoi. »

– « Vantardise! »

– « Non », fit-il, manifestement piqué au vif. « Je ne me vante pas. En tout cas, je n'en avais pas l'intention. »

– « Montre-moi quelque chose qui vaille la peine d'être vu, selon toi. N'importe quoi! »

Il inclina la tête et contempla un moment ses mains. Rien ne se produisit. La haute chandelle dans sa lanterne brûlait d'une lueur faible et régulière. Les images noires sur les murs, les personnages aux ailes d'oiseau qui ne pouvaient voler, avec leurs yeux peints en rouge et blanc ternes, se dessinaient, menaçantes au-dessus de lui, au-dessus d'elle. Il n'y avait pas de bruit. Elle soupira, déçue et quelque peu chagrinée. Il était faible; il parlait de grandes choses, mais ne faisait rien. Il n'était rien d'autre qu'un habile menteur, et pas même un habile voleur. « Eh bien », dit-elle enfin, rassemblant ses jupes autour d'elle pour se lever. La laisse bruissa d'étrange façon lorsqu'elle remua. Elle se regarda, et se redressa en sursaut.

La lourde robe noire qu'elle portait depuis des années avait disparu; celle-ci était à présent en soie de couleur turquoise, brillante et douce comme le ciel du soir. Elle ballonnait à partir des hanches, et toute la jupe était brodée de minces fils d'argent et de semence de perle, et de minuscules particules de cristal, si bien qu'elle chatoyait doucement, comme la pluie en avril.

Sans voix, elle regarda le magicien.

« Cela vous plaît-il? »

– « Où... »

– « Cela ressemble à une robe que j'ai vue sur une princesse, une fois, à la Fête du Retour du Soleil, dans le Nouveau Palais de Havnor », dit-il, en la regardant avec satisfaction. « Vous m'avez demandé de vous montrer quelque chose qui en vaille la peine. C'est vous-même que je vous montre. »

– « Fais... fais disparaître cela. »

– « Vous m'avez bien donné votre manteau », dit-il, d'un ton plaisant. « Ne puis-je rien vous donner? Mais ne vous inquiétez pas. Ce n'est qu'une illusion; voyez. »

Il ne leva pas un doigt, à ce qu'il sembla en tout cas, et ne dit pas un mot; mais la merveille de soie bleue avait disparu, et elle se retrouvait dans la robe noire et rêche qui était la sienne.

Elle demeura un moment immobile.

« Comment puis-je savoir », dit-elle enfin, « si vous êtes bien ce que vous semblez être? »

– « Vous ne le pouvez pas. J'ignore comment vous me voyez. »

Elle réfléchit encore. « Vous pourriez me duper, afin que je vous voie comme... » Elle s'interrompit, car il avait levé la main vers le plafond, esquissant brièvement un geste. Elle crut qu'il jetait un sort, et recula vivement vers la porte; mais, suivant son geste, ses yeux rencontrèrent, là-haut dans la sombre voûte, le petit carré du judas qui s'ouvrait dans le temple des Dieux Jumeaux.

Il ne laissait passer nulle lumière; elle ne voyait rien, n'entendait rien qui indiquât une présence; mais il avait désigné le plafond, et posé sur elle un regard interrogateur.

Tous deux demeurèrent parfaitement immobiles durant un moment.

« Ta magie n'est que sottise, tout juste bonne pour des enfants! » dit-elle distinctement. « Ce ne sont que supercheries et mensonges. J'en ai vu assez. Tu serviras de pâture aux Innommables. Je ne reviendrai pas. »

Elle prit sa lanterne et sortit, faisant retenir avec force les verrous. Puis elle resta derrière la porte, consternée. Que devait-elle faire?

Qu'avait vu ou entendu Kossil de cette scène? Qu'avaient-ils dit? Elle ne pouvait s'en souvenir. Il lui semblait qu'elle ne disait jamais au prisonnier ce qu'elle avait l'intention de lui dire. Il la troublait sans cesse avec ses histoires de dragons, de tours, et cette façon de donner des noms aux Innommables, et de vouloir rester en vie, et de lui être reconnaissant pour son manteau. Jamais il ne disait ce qu'elle attendait de lui. Elle ne l'avait même pas questionné sur le talisman, qu'elle portait toujours, caché contre son sein.

C'était aussi bien, puisque Kossil écoutait.

Après tout, quelle importance cela avait-il? En quoi Kossil pouvait-elle lui nuire? Mais, en même temps qu'elle se posait la question, elle connaissait la réponse. Rien n'est plus facile à tuer qu'un faucon en cage. L'homme était sans défense, enchaîné dans cette cage de pierre. Il suffisait à la prêtresse du Dieu-Roi d'envoyer son serviteur Duby l'étrangler cette nuit; ou, si elle et Duby ne savaient pas comment se rendre dans cette partie du Labyrinthe, de souffler de la poudre empoisonnée par le judas dans la Chambre Peinte. Elle possédait des boîtes et des fioles de substances malignes, certaines pour empoisonner l'eau ou la nourriture, d'autres pour rendre l'air toxique. Et il serait mort au matin, et tout serait fini. Il n'y aurait jamais plus de lumière sous les Tombeaux.

Arha se hâta au long des étroits passages de pierre jusqu'à l'entrée de l'En-Dessous des Tombeaux, où l'attendait Manan, accroupi et patient comme un vieux crapaud dans le noir. Ces visites au prisonnier le mettaient mal à l'aise. Elle refusait qu'il l'accompagne jusqu'au bout, aussi s'étaient-ils mis d'accord sur ce compromis. A présent elle était heureuse qu'il fût là, à sa disposition. A lui, au moins, elle pouvait se fier.

« Manan, écoute. Tu vas aller à la Chambre Peinte, tout de suite. Dis à l'homme que tu l'emmènes pour l'enterrer vivant sous les Tombeaux. » Les petits yeux de Manan s'allumèrent. « Dis cela à haute voix. Défais la chaîne, et conduis-le à... » Elle s'interrompit, car elle n'avait pas encore décidé quelle serait la meilleure cachette pour le prisonnier.

– « Dans l'En-Dessous des Tombeaux », fit Manan avec empressement.

– « Non, idiot. Je t'ai dit de le dire, pas de le faire. Attends... »

Quel endroit était à l'abri de Kossil et des espions de Kossil? Aucun, sinon les plus profonds des lieux souterrains, les lieux les plus sacrés et les plus cachés du domaine des Innommables, où elle-même n'osait aller. Cependant, Kossil n'était-elle pas femme à oser presque tout? Elle pouvait avoir peur des ténèbres, mais elle était de celles qui domineraient leur peur pour arriver à leurs fins. On ne pouvait dire ce qu'elle avait vraiment appris du plan du Labyrinthe, que ce fût de Thar ou de l'Arha de la vie antérieure, ou même d'explorations clandestines qu'elle aurait effectuées au cours des années passées; Arha la soupçonnait d'en savoir plus qu'elle ne le prétendait. Mais il était une voie qu'elle ne pouvait certainement pas connaître, le secret-le-mieux-gardé.

« Tu dois mener l'homme là où je vais te conduire, et tu dois le faire dans le noir. Puis, quand je te ramènerai ici, tu creuseras une fosse dans l'En-Dessous des Tombeaux, et fabriqueras un cercueil que tu placeras, vide, dans la fosse, que tu combleras, de manière cependant qu'on puisse la trouver si on la cherche. Comprends-tu? »

– « Non », fit Manan, buté et chagrin. « Petite, cette supercherie n'est pas sage. Ce n'est pas bien. Il ne devrait pas y avoir d'homme ici! Un châtiment viendra... »

– « Un vieux fou aura la langue tranchée, oui! Oses-tu me dire, à moi, ce qui est sage? J'obéis aux ordres des Puissances des Ténèbres. Suis-moi! »

– « Je regrette, petite maîtresse, je regrette... »
Ils retournèrent à la Chambre Peinte. Elle attendit dehors dans le tunnel, tandis que Manan entrait et détachait la chaîne du moraillon dans le mur. Elle entendit la voix profonde interroger : « Où m'emmènes-tu à présent, Manan? » et le contralto enroué de répondre, solennel : « Tu dois être enterré vivant, a dit ma maîtresse. Sous les Pierres Tombales. Lève-toi! » Elle entendit la lourde chaîne claquer comme un fouet.

Le prisonnier sortit, les bras liés par la ceinture de cuir de Manan. Celui-ci venait derrière, le tenant comme un chien au bout d'une courte laisse, mais le collier se trouvait autour de sa taille et la laisse était de fer. Il tourna les yeux vers Arha, mais elle souffla sa chandelle et sans un mot se mit en marche dans le noir. Elle prit sur-le-champ l'allure lente mais régulière qu'elle adoptait d'ordinaire quand elle se trouvait sans lumière dans le Labyrinthe, effleurant du bout des doigts, très légèrement mais presque constamment, les parois, de chaque côté. Manan et le prisonnier la suivaient, avec beaucoup moins d'aisance à cause de la laisse, trébuchant et traînant le pas. Mais il leur fallait progresser dans le noir; car elle voulait qu'aucun d'eux n'apprît ce chemin.

Tourner à gauche après la Chambre Peinte, et dépasser une ouverture; prendre le prochain tournant à droite, et passer l'ouverture sur la droite; puis un long passage en courbe, et une volée de marches, nombreuses, glissantes, et beaucoup trop étroites pour des pieds humains normaux. Elle n'était jamais allée plus loin que ces marches.

L'air était ici plus vicié, très immobile, avec une senteur acide. Les instructions étaient claires dans son esprit, même les intonations de la voix de Thar en les énonçant. Descendre ces marches (derrière elle, le prisonnier trébucha dans la nuit de poix, et elle l'entendit haleter quand Manan le releva d'une forte secousse de la chaîne), et au pied des marches tourner aussitôt à gauche. Continuer ensuite à gauche en passant trois ouvertures, puis la première à droite, et poursuivre à droite. Les tunnels faisaient des courbes et des angles, aucun n'était rectiligne. « Puis il faut contourner le Puits », disait la voix de Thar dans les ténèbres de sa pensée, « et le chemin est très étroit. »

Elle ralentit le pas, se pencha, et toucha de la main le sol devant elle. Le couloir devenait maintenant droit sur une longue distance, rassurant trompeusement l'explorateur. Tout à coup, sa main tâtonnante qui ne cessait de balayer la roche devant elle ne sentit plus rien. Il y avait un rebord de pierre : au-delà, le vide. A droite, la paroi du couloir plongeait à pic dans le puits. A gauche se trouvait une bordure, une corniche, guère plus que la largeur d'une main.

« Il y a un puits. Faites face au mur de gauche. Collez-vous contre lui, et marchez de côté. Faites glisser vos pieds. Tiens bien la chaîne, Manan... Êtes-vous sur la corniche? Elle se rétrécit. N'appuyez pas votre poids sur vos talons. Bien, j'ai franchi le puits. Tendez-moi la main. Là... »

Le tunnel décrivait de courts zigzags et présentait de nombreuses ouvertures latérales. En passant devant certaines d'entre elles, le bruit de leurs pas s'y répercutait de manière étrange, caverneuse; et, plus étrange encore, on sentait un très faible appel d'air, comme une succion. Ces couloirs devaient se terminer en puits, comme le précédent. Peut-être se trouvait-il, sous cette partie inférieure du Labyrinthe, un endroit creux, une caverne si profonde et si vaste que celle de l'En-Dessous des Tombeaux eût semblé petite en comparaison, un vide interne, immense et noir.

Mais au-dessus de ce gouffre, dans les tunnels obscurs qu'ils parcouraient, les couloirs se faisaient peu à peu plus étroits et plus bas, au point qu'Arha dut se baisser. Ce chemin n'avait-il pas de fin?

La fin arriva brutalement : une porte fermée. Marchant pliée en deux, et un peu plus vite que de coutume, Arha la heurta, de la tête et des mains. Elle chercha à tâtons la serrure, puis la petite clé accrochée à l'anneau pendu à sa ceinture, celle qu'elle n'avait jamais utilisée, la clé d'argent au manche en forme de dragon. Elle s'ajusta et tourna. Arha ouvrit la porte du Grand Trésor des Tombeaux d'Atuan. Un remugle sec et acide passa comme un soupir à travers les ténèbres.

« Manan, tu n'as pas le droit d'entrer ici. Attends devant la porte. »

– « Lui a le droit, et pas moi ? »

– « Si tu pénètres dans cette pièce, Manan, tu n'en sortiras pas. La loi le veut ainsi, pour tous excepté moi. Nul être mortel n'est jamais sorti vivant de cette pièce, excepté moi. Veux-tu entrer ? »

– « J'attendrai au-dehors », dit la voix mélancolique dans l'ombre. « Maîtresse, ne fermez pas la porte... »

Son angoisse lui fit perdre son sang-froid au point qu'elle laissa la porte entrebâillée. Et, en vérité, l'endroit l'emplissait d'une sourde crainte ; et elle se défiait un peu du prisonnier, tout entravé qu'il fût. Une fois à l'intérieur, elle frotta son silex. Ses mains tremblaient. La chandelle prit difficilement ; l'air était mort et renfermé. Dans la vacillante lueur jaunâtre, qui paraissait vive après ce long passage dans la nuit, la Chambre au Trésor se dessina autour d'eux, pleines d'ombres mouvantes.

Il y avait là six coffres immenses, tous de pierre, couverts d'une fine poussière grise, comme la moisissure couvre le pain ; rien d'autre. Les murs étaient rugueux, le plafond bas. Il faisait froid dans la pièce, d'un froid sans air qui donnait l'impression de figer le sang dans le cœur. Pas de toiles d'araignée, la poussière seule. Rien ne vivait en ce lieu, absolument rien, pas même les rares et minuscules araignées blanches du Labyrinthe. La poussière était épaisse, et chacun de ses grains pouvait être un jour écoulé dans ce lieu où il n'y avait ni temps ni lumière : des jours, des mois, des années, des siècles disparus en poussière.

« Voici l'endroit que je cherchais », dit Arha, et sa voix était ferme. « Voici le Grand Trésor des Tombeaux. Tu y es parvenu. Tu ne pourras jamais plus le quitter. »

Il ne dit rien, et son visage était paisible, mais il y avait dans ses yeux quelque chose qui émut la jeune fille : du désespoir, le regard de quelqu'un qui a été trahi.

« Tu as dit que tu voulais rester en vie. C'est le seul endroit, à ma connaissance, où cela soit possible. Kossil te tuera ou m'obligera à te tuer, Épervier, mais ici, elle ne peut t'atteindre. »

Il ne dit toujours rien.

« Tu n'aurais jamais pu sortir des Tombeaux, de toute manière, ne le vois-tu pas? Cela ne fait pas de différence. Et du moins es-tu parvenu au... au terme de ton voyage. Ce que tu cherchais est ici. »

Il s'assit sur l'un des immenses coffres, l'air épuisé. La chaîne traînante sonna durement contre la pierre. Il contempla autour de lui les murs gris et les ombres, puis la regarda.

Elle détourna les yeux vers les coffres de pierre. Elle n'avait nul désir de les ouvrir. Peu lui importaient les merveilles putréfiées qu'ils contenaient.

« Tu n'as pas besoin de cette chaîne ici. » Elle alla à lui et détacha la ceinture de fer, et ôta de ses bras la ceinture de cuir de Manan. « Je dois verrouiller la porte, mais quand je viendrai, je te ferai confiance. Tu sais que tu ne *peux pas* sortir d'ici – que tu ne dois pas essayer de le faire. Je suis leur vengeance, j'accomplis leur volonté; mais si je les trahis – si tu trahis ma confiance – ils se vengeront. Tu ne dois pas essayer de quitter cette pièce, en me faisant du mal ou en me jouant un tour quand je viendrai. Tu dois me croire. »

– « Je ferai ce que vous me dites », fit-il avec douceur.

– « J'apporterai de l'eau et de la nourriture quand je le pourrai. Il n'y en aura guère; de l'eau en suffisance, mais pas beaucoup de nourriture pendant un moment; je commence à avoir faim, vois-tu. Assez toutefois pour te maintenir en vie. Il se peut que je ne revienne pas avant un jour ou deux, peut-être même plus. Il faut que je fasse perdre ta piste à Kossil. Mais je viendrai. Je te le promets. Voici la gourde. Économise l'eau, car je ne puis revenir avant quelque temps. Mais je reviendrai. »

Il leva son visage vers elle. Son expression était étrange. « Prends garde, Tenar », dit-il.

VIII

NOMS

ELLE ramena Manan dans le noir à travers les chemins sinueux, et le laissa dans les ténèbres de l'En-Dessous des Tombeaux, afin qu'il y creusât la fosse destinée à prouver à Kossil que le voleur avait bel et bien été châtié. Il était tard, et elle alla droit à la Petite Maison pour se coucher. Durant la nuit, elle s'éveilla brusquement; elle se rappelait avoir laissé son manteau dans la Chambre Peinte. Il n'aurait pour se réchauffer dans ce caveau humide que le court manteau qu'il portait, pour lit que la pierre empoussiérée. Un tombeau froid, un tombeau froid! songea-t-elle, malheureuse; mais elle était trop lasse pour se réveiller tout à fait, et glissa bientôt à nouveau dans le sommeil. Elle se mit à rêver. Elle rêva aux âmes des morts, sur les murs de la Chambre Peinte, les personnages pareils à de grands oiseaux dépenaillés, avec des pieds, des mains et des visages humains, tapis dans la poussière des lieux obscurs. Ils ne pouvaient voler. L'argile était leur nourriture et la poussière leur breuvage. C'étaient les âmes de ceux qui ne renaissaient point, les peuples anciens et les incroyants, ceux que les Innommables avaient dévorés. Ils étaient tapis tout autour d'elle dans l'ombre, et par moment émettaient de faibles cris ou des piaulements. L'un d'eux vint tout près d'elle. Elle fut d'abord effrayée et tenta de s'éloigner, mais elle ne pouvait bouger. Celui-là avait une tête d'oiseau, et non une tête humaine; mais ses cheveux étaient dorés.

et il disait avec une voix de femme: « Tenar », tendrement, doucement, « Tenar ».

Elle se réveilla. Sa bouche était obstruée par de l'argile. Elle se trouvait dans une tombe, sous terre. Ses bras et ses jambes étaient entravés par des linges funéraires et elle ne pouvait ni bouger ni parler.

Son désespoir devint si grand qu'il fit éclater sa poitrine, et comme un oiseau de feu fracassa la pierre pour s'envoler dans la lumière du jour – la lumière du jour qui entrait faiblement dans sa chambre sans fenêtre.

Éveillée réellement cette fois, elle se redressa, épuisée par les rêves de cette nuit, l'esprit embrumé. Elle passa ses vêtements, et se rendit à la citerne, dans la cour entourée de murs de la Petite Maison. Elle plongea ses bras et son visage, sa tête entière, dans l'eau glacée, jusqu'à ce que son corps tressaille de froid et que son sang circule rapidement. Puis, rejetant en arrière sa chevelure ruisselante, elle se releva et contempla le ciel matinal.

C'était peu après le lever du soleil, un beau jour d'hiver. Le ciel était jaunâtre, très clair. Là-haut, si haut qu'il captait la lumière du soleil et brûlait comme une moucheture d'or, un oiseau décrivait des cercles, un épervier ou un aigle du désert.

« Je suis Tenar », dit-elle, à voix basse, et elle trembla de froid, et de terreur, et d'exaltation, là, sous le vaste ciel baigné de soleil. « J'ai retrouvé mon nom. Je suis Tenar! »

La moucheture d'or vira vers l'ouest, en direction des montagnes, et disparut. Le soleil levant dorait l'avant-toit de la Petite Maison. Les clochettes des moutons sonnaient, en bas dans la bergerie. L'odeur de la fumée de bois et de la bouillie de sarrasin s'échappant des cheminées de la cuisine flottait dans le vent frais et pur.

« J'ai tellement faim... Comment a-t-il su? Comment a-t-il su mon nom?... Oh, il faut que je mange, j'ai tellement faim... »

Elle releva son capuchon et courut déjeuner.

Ce repas, après trois jours d'un demi-jeûne, la fit se sentir plus solide, comme lestée; elle ne se sentait plus aussi éperdue, aussi nerveuse ni aussi effrayée. Elle se sentait tout à fait capable, après ce déjeuner, d'affronter Kossil.

Sortant du réfectoire de la Grande Maison, elle s'approcha de la haute et corpulente silhouette et dit à voix basse : « J'en ai fini avec le voleur... Quelle belle journée nous avons là ! »

Les yeux gris et froids la contemplèrent de biais sous le capuchon noir.

– « Je croyais que la Prêtresse devait s'abstenir de manger pendant trois jours après un sacrifice humain ? »

C'était vrai. Arha l'avait oublié, et cela se voyait sur son visage.

– « Il n'est pas encore mort », finit-elle par dire, tentant de feindre le ton d'indifférence qui lui était venu si facilement un moment auparavant. « Il est enterré vivant. Sous les Tombeaux. Dans un cercueil. Il passe un peu d'air, le cercueil n'est pas scellé, et il est de bois. Ce sera une mort très lente. Quand je saurai qu'il est mort, je commencerai le jeûne. »

– « Comment le saurez-vous ? »

Démontée, elle hésita à nouveau. « Je le saurai. Les... Mes Maîtres me le diront. »

– « Je vois. Où se trouve la fosse ? »

– « Dans l'En-Dessous des Tombeaux. J'ai dit à Manan de la creuser sous la Pierre Lisse. » Elle ne devait pas répondre aussi vite, sur ce ton d'apaisement ridicule; il lui fallait garder sa dignité vis-à-vis de Kossil.

– « Vivant, dans un cercueil de bois ? C'est une chose risquée avec un sorcier, maîtresse. Vous êtes-vous assurée que sa bouche fût bâillonnée afin qu'il ne puisse dire ses sortilèges ? Ses mains sont-elles attachées ? Ils peuvent tisser des envoûtements d'un mouvement de doigt, même quand ils ont la langue coupée. »

– « Il n'y a pas de magie; ce ne sont là que des supercheries », dit le jeune fille en haussant la voix. « Il est enterré, et mes Maîtres attendent son âme. Et le reste ne vous concerne pas, prêtresse! »

Cette fois elle était allée trop loin. D'autres pouvaient l'entendre; Penthe et quelques autres filles, Duby, et la prêtresse Mebbeth étaient tous à portée de voix. Les jeunes filles étaient tout oreilles, et Kossil en avait conscience.

– « Tout ce qui se passe ici me concerne, maîtresse. Tout ce qui se passe dans son royaume concerne le Dieu-Roi, l'Homme Immortel, dont je suis la servante. Jusque dans les lieux souterrains et le cœur des hommes son regard pénètre, et nul peut lui interdire l'entrée! »

– « Je le puis, moi. Dans les Tombeaux, nul ne peut entrer si les Innommables le défendent. Ils étaient, avant votre Dieu-Roi, et seront toujours après lui. Parlez d'eux avec égards, prêtresse. N'appelez pas sur vous leur vengeance. Ils pénétreront vos rêves, et les coins ténébreux de votre esprit, et vous deviendrez folle. »

Les yeux de la jeune fille flamboyaient. Le visage de Kossil était dissimulé dans le noir capuchon. Penthe et les autres observaient, terrifiées et passionnées.

– « Ils sont vieux », fit la voix de Kossil, tout bas, en un son ténu et sifflant qui sortait des profondeurs du capuchon. « Ils sont vieux. Leur culte a été oublié, sauf en ce lieu. Leur pouvoir a disparu. Ce ne sont plus que des ombres. Ils n'ont plus aucun pouvoir. N'essayez pas de m'effrayer, Dévorée. Vous êtes la Première Prêtresse; cela ne signifie-t-il pas aussi que vous êtes la dernière?... Vous ne pouvez me duper. Je vois dans votre cœur. Les ténèbres ne cachent rien à mon égard. Prenez garde, Arha! »

Elle reprit son chemin, de son pas mesuré et massif, écrasant sous ses pieds lourds chaussés de sandales les herbes étoilées de givre, pour se rendre à la maison aux piliers blancs, celle du Dieu-Roi.

La jeune fille demeurait là, mince et sombre, comme pétrifiée, dans la cour, devant la Grande Maison. Personne ni rien ne bougeait à part Kossil, dans ce vaste paysage de la cour et du temple, de la colline, de la plaine désertique et de la montagne.

« Puissent les Innommables dévorer ton âme, Kossil ! » hurla-t-elle d'une voix pareille au cri du faucon, et, levant le bras, la main tendue et rigide, elle jeta un sort sur le dos massif de la prêtresse, alors que celle-ci posait le pied sur les marches de son temple. Kossil chancela, mais ne s'arrêta point, ni ne se retourna. Elle continua, et franchit le seuil du temple du Dieu-Roi.

Arha passa la journée assise sur la plus basse marche du Trône Vide. Elle n'osait pas aller dans le Labyrinthe; elle ne voulait pas rejoindre les autres prêtresses. Elle était emplie d'une lassitude qui la retenait là, heure après heure, dans la froide pénombre de la grande salle. Elle fixait les deux colonnes épaisses et pâles qui disparaissaient dans l'obscurité à l'autre bout de la salle, et les traits de lumière qui tombaient obliquement par les trous du toit, et la fumée montant en épaisses volutes du charbon de bois brûlant dans le tripode de bronze, près du trône. Elle forma des dessins avec des petits ossements de souris sur les degrés de marbre, la tête penchée, l'esprit actif et pourtant comme engourdi. Qui suis-je ? se demandait-elle, sans obtenir de réponse.

Manan arriva, traînant le pas, entre les doubles rangées de colonnes, quand la lumière eut depuis longtemps cessé de transpercer l'obscurité de la salle, et que le froid fut devenu intense. Son visage terreux était empreint d'une grande tristesse. Il resta à distance, ses grosses mains ballantes; l'ourlet déchiré de son manteau d'un noir rouillé pendillait sur ses chevilles.

« Petite maîtresse. »

– « Qu'y a-t-il, Manan ? » Elle le regarda avec une morne affection.

– « Petite, laissez-moi accomplir ce que vous avez dit... ce que vous avez dit devoir être accompli. Il doit mourir, petite. Il vous a ensorcelée. Et elle prendra sa revanche. Elle est vieille et cruelle, et vous êtes trop jeune. Vous n'avez pas assez de force. »

– « Elle ne peut me faire de mal. »

– « Si elle vous tuait, même au grand jour, à la vue de tous, il n'est personne dans l'Empire qui oserait la punir. Elle est la Grande Prêtresse du Dieu-Roi, et le Dieu-Roi règne. Mais elle ne vous tuera pas au grand jour. Elle le fera par le poison, furtivement, la nuit. »

– « En ce cas je renaîtrai. »

Maman tordit ses grosses mains. « Peut-être ne vous tuera-t-elle point », murmura-t-il.

– « Que veux-tu dire ? »

– « Elle pourrait vous enfermer dans une pièce du... en bas... Comme vous avez fait pour lui. Et vous y vivrez des années et des années peut-être. Des années... Et nulle autre Prêtresse ne naîtra, puisque vous ne serez pas morte. Et il n'y aura plus de Prêtresse des Tombeaux, et on ne dansera plus les danses du noir de lune, et les sacrifices ne seront plus accomplis, le sang ne sera plus répandu, et le culte des Ténébreux pourra tomber dans l'oubli à jamais. Elle et son Seigneur aimeraient qu'il en soit ainsi. »

– « *Ils* me délivreraient, Manan. »

– « Ils ne le feront pas tant qu'ils seront courroucés, petite maîtresse », chuchota Manan.

– « Courroucés ? »

– « A cause de lui... Le sacrilège pour lequel il n'a pas payé. Oh petite, petite ! Ils ne pardonnent pas ! »

Elle était assise dans la poussière de la marche la plus basse, tête inclinée. Elle regardait une chose minuscule dans sa paume, le crâne menu d'une souris. Les hiboux perchés sur les chevrons au-dessus du Trône s'agitèrent un peu ; la nuit approchait.

« Ne descendez pas ce soir dans le Labyrinthe », dit Manan tout bas. « Allez dans votre maison, et dormez. Au matin, vous irez voir Kossil, et lui direz que vous avez levé le sort. Et ce sera fini. Vous n'avez pas à vous inquiéter. Je lui montrerai la preuve. »

– « La preuve ? ».

– « Que le sorcier est mort. »

Elle demeura immobile. Lentement, elle ferma la main, et le crâne fragile craqua et s'émietta. Quand elle la rouvrit, elle ne contenait plus que des éclats d'os et de la poussière.

– « Non » dit-elle. Elle chassa la poussière de sa paume.

– « Il doit mourir. Il vous a jeté un sort. Vous êtes perdue, Arha! »

– « Il ne m'a jeté aucun sort. Tu es un vieux couard. Manan: tu as peur des veilles femmes. Comment penses-tu parvenir jusqu'à lui pour le tuer et obtenir ta " preuve "? Connais-tu exactement le chemin pour arriver au Grand Trésor, celui que tu as suivi dans le noir, la nuit dernière? Sauras-tu compter les tournants, franchir les marches, et puis le puits, et la porte ensuite? Sauras-tu ouvrir cette porte?... Oh, pauvre vieux Manan, ton esprit est obtus. Elle t'a fait peur. Descends maintenant à la Petite Maison, dors, et oublie tout cela. Ne m'ennuie pas éternellement avec tes propos sur la mort... Je viendrai plus tard. Va, va vieux fou, vieux lourdaud. » Elle s'était levée, et appuyait doucement sur la large poitrine de Manan, la tapotant et le poussant vers la porte. « Bonne nuit. Bonne nuit! »

Il fit demi-tour, plein de réticence et de sombres pressentiments, mais obéissant, et descendit lourdement la longue salle sous les colonnes et le toit en ruine. Elle le regarda partir.

Quand il eut disparu depuis un moment, elle contourna le dais du Trône, et s'évanouit derrière lui dans le noir.

IX

L'ANNEAU D'ERRETH-AKBE

DANS le Grand Trésor des Tombeaux d'Atuan, le temps ne s'écoulait pas. Point de lumière; point de vie; ni même le mouvement d'une araignée dans la poussière ou d'un ver dans la terre froide. Le roc, et les ténèbres, et le temps qui ne passait pas.

Sur le couvercle de pierre d'un immense coffre, le voleur des Contrées de l'Intérieur était étendu sur le dos, tel un gisant sur un tombeau. La poussière qu'il avait remuée était retombée sur ses vêtements. Il ne bougeait pas.

Le verrou cliqueta. La porte s'ouvrit. La lumière déchira les ténèbres mortes et un courant plus frais agita l'air inerte. L'homme resta immobile.

Arha ferma la porte et la verrouilla de l'intérieur, posa sa lanterne sur un coffre, et s'approcha lentement de la forme inanimée. Ses gestes étaient craintifs et ses yeux agrandis, la pupille encore dilatée après cette longue traversée dans le noir.

« Épervier! ».

Elle lui toucha l'épaule et prononça son nom, encore et encore.

Il remua alors, et gémit. Enfin il se redressa, le visage tiré et les yeux vides. Il la regarda sans la reconnaître.

« C'est moi, Arha... Tenar. Je t'ai apporté de l'eau. Tiens, bois. »

Il prit la gourde avec maladresse, comme si ses

mains eussent été engourdies, et but, mais une petite gorgée seulement.

« Combien de temps s'est-il écoulé ? » demanda-t-il, s'exprimant avec difficulté.

– « Deux jours ont passé depuis que tu es arrivé dans cette salle. Ceci est la troisième nuit. Je n'ai pas pu venir plus tôt. J'ai dû voler la nourriture – la voici... » Elle sortit un pain gris et plat du sac qu'elle avait apporté, mais il secoua la tête.

– « Je n'ai pas faim. Ce... cet endroit est mortel. » Il mit sa tête entre ses mains et resta ainsi, immobile.

– « As-tu froid ? J'ai pris le manteau dans la Chambre Peinte. »

Il ne répondit pas.

Elle posa le manteau sur le sol et le contempla. Elle tremblait un peu, et ses yeux étaient toujours agrandis et sombres.

Brusquement, elle tomba à genoux, se prosterna, et se mit à pleurer, à sanglots profonds qui lui tordaient le corps mais sans larmes.

Il descendit du coffre avec raideur, et se pencha sur elle. « Tenar... »

– « Je ne suis pas Tenar. Je ne suis pas Arha. Les dieux sont morts ; les dieux sont morts ! »

Il posa ses mains sur sa tête et repoussa le capuchon. Il se mit à parler. Sa voix était douce, et les mots étaient d'une langue qu'elle n'avait jamais entendue. Leur son dans son cœur était comme la pluie qui tombe. A les écouter, elle s'apaisa.

Quand elle fut calmée, il la souleva, et la posa comme une enfant sur l'immense coffre où lui-même s'était étendu. Il posa sa main sur les siennes.

« Pourquoi pleurais-tu, Tenar ? »

« Je vais te le dire. Mais peu importe que je te le dise : tu ne peux rien. Tu ne peux m'aider. Tu es en train de mourir, toi aussi, n'est-ce pas ? Donc cela n'a aucune importance. Rien n'a d'importance. Kossil, la Prêtresse du Dieu-Roi a toujours été cruelle, et n'a de cesse que je te tue, comme j'ai tué les autres. Et je ne veux pas le faire. De quel droit le demande-t-elle ? Elle a défié les Innommables, s'est moquée d'eux, et je lui ai jeté un sort. Et depuis, j'ai peur d'elle, car ce qu'a dit Manan est vrai, elle ne croit pas aux dieux. Elle veut qu'on les oublie, et elle va me tuer pendant mon sommeil. Alors je ne dors plus. Je ne suis pas retournée à la Petite Maison. Je suis restée dans la Salle du Trône toute la nuit, dans l'une des soupentes où l'on garde les robes de danse. Avant le jour, je suis descendue à la Grande Maison et j'ai volé de la nourriture dans la cuisine, puis je suis retournée à la Salle où je suis demeurée toute la journée. J'essayais de trouver ce que je devrais faire. Et ce soir... ce soir, j'étais tellement fatiguée! J'ai alors pensé que je pourrais aller dormir dans un lieu sacré, qu'elle aurait peur d'y aller. Aussi, je suis descendue dans l'En-Dessous des Tombeaux. La grande caverne où je t'ai vu pour la première fois. Et... et elle était là. Elle a dû rentrer par la porte en roc rouge. Elle était là, avec une lanterne. Fouillant la tombe creusée par Manan, pour voir si elle contenait un cadavre. Comme un rat dans un cimetière, un gros rat noir, fouissant le sol. Et la lumière qui brûlait dans le Lieu Sacré, le lieu des ténèbres! Mais les Innommables n'ont rien fait. Ils ne l'ont pas tuée, ne l'ont pas rendue folle. Ils sont vieux, comme elle l'a dit. Ils sont morts. Ils ont tous disparu. Et je ne suis plus prêtresse. »

L'homme écoutait, sa main toujours sur la sienne, la tête un peu inclinée. Une certaine vigueur était revenue dans sa mine et dans son maintien, malgré les cicatrices sur sa joue, d'un gris livide, et la poussière qui poudrait encore ses habits et ses cheveux.

« Je suis passée près d'elle, traversant l'En-dessous des Tombeaux. Sa chandelle faisait plus d'ombre que de lumière, et elle ne m'a pas entendue. J'ai voulu entrer dans le Labyrinthe pour m'éloigner d'elle. Mais une fois dedans, je croyais sans cesse l'entendre derrière moi. Tout au long des couloirs, j'entendais toujours quelqu'un, derrière moi. Et je ne savais où aller. Je croyais être en sûreté ici, je croyais que mes Maîtres me protégeraient et me défendraient. Mais non, ils ont disparu, ils sont morts!... »

– « C'était à cause d'eux que tu pleurais – à cause de leur mort? Mais ils sont ici, Tenar, ici! »

– « Comment le sais-tu ? » dit-elle, presque indifférente.

– « Parce que, à chaque instant, depuis que j'ai posé le pied dans la caverne sous les Pierres Tombales, j'ai déployé tous mes efforts pour les apaiser, afin qu'ils ne se rendent pas compte de ma présence. J'y ai dépensé tous mes dons, consumé toute ma force. J'ai empli ces tunnels d'un réseau sans fin de sorts, sorts de sommeil, d'apaisement, de dissimulation, et cependant ils savent que je suis là, mi-conscients, mi-endormis, mi-éveillés. Mais je suis presque à bout, épuisé par cette lutte. Ce lieu est vraiment terrible. Un homme seul n'a rien à espérer ici. Je mourais de soif quand tu m'as donné de l'eau, mais ce n'est pas seulement l'eau qui m'a sauvé. C'est l'énergie des mains qui me la donnaient. » Disant cela, il retourna la main de la jeune fille, paume en l'air, dans la sienne, et la fixa un moment ; puis il se détourna, fit quelques pas dans la pièce et s'arrêta à nouveau devant elle. Elle ne dit mot.

« Pensais-tu vraiment qu'ils étaient morts ? Tu sais bien qu'ils ne le sont pas, dans ton cœur. Ils ne meurent pas. Ils sont ténébreux et immortels, et ils haïssent la lumière, la brève et brillante lumière de notre mortalité. Ils sont immortels, mais ce ne sont point des dieux. Jamais ils ne le furent. Ils ne méritent pas l'adoration d'une âme humaine. »

Elle écoutait, les yeux lourds, le regard rivé à la lanterne vacillante.

« Que t'ont-ils donné, Tenar ? »

– « Rien », murmura-t-elle.

– « Ils n'ont rien à donner. Ils n'ont pas le pouvoir de *faire*. Leur seul pouvoir est de noircir et de détruire. Ils ne peuvent quitter ce lieu : ils *sont* ce lieu ; et il faudrait le leur laisser. Il ne faut ni les nier ni les oublier, mais non plus les adorer. La Terre est belle, et lumineuse, et bonne, mais ce n'est pas tout. La Terre est aussi terrible, et noire, et cruelle. Le lapin crie quand il meurt dans les vertes prairies. Les montagnes crispent leurs mains immenses pleines d'un feu caché. Il y a des requins dans la mer, et de la cruauté dans les yeux des hommes. Et là où les hommes adorent ces choses et s'abaissent devant elles, naît le mal; il y a de par le monde des lieux où se rassemblent les ténèbres, des lieux tout entiers abandonnés à Ceux que nous appelons Innommables, les puissances anciennes et sacrées de la Terre avant la Lumière, les puissances de l'obscurité, de la ruine, de la folie. Je crois qu'ils ont depuis longtemps rendue folle ta prêtresse, Kossil; je crois qu'elle a rôdé dans ces cavernes comme elle rôde dans le labyrinthe de son moi, et à présent elle ne peut plus voir la lumière du jour. Elle te dit que les Innommables sont morts; seule une âme perdue, à la vérité perdue, pourrait croire cela. Ils existent. Mais ils ne sont pas tes Maîtres. Ils ne l'ont jamais été. Tu es libre, Tenar. On t'a appris à être esclave, mais tu as brisé tes chaînes. »

Elle écoutait, bien que son expression demeurât inchangée. Il ne dit plus rien. Ils étaient silencieux; mais non de ce silence qui emplissait la pièce avant qu'elle y entrât. Il y avait maintenant le bruit de leurs deux respirations, et le mouvement de la vie dans leurs veines, et la chandelle qui brûlait dans sa lanterne d'étain, signe infime de vie.

« Comment se fait-il que tu connaisses mon nom ? »

Il arpentait la salle, déplaçant la poussière fine, et étirait ses bras et ses épaules pour essayer de combattre l'engourdissement du froid..

– « Connaître les noms est mon métier. Mon art. Pour rendre un chose magique, vois-tu, il faut découvrir son vrai nom. Dans mon pays, nous gardons caché notre vrai nom, toute la vie durant, de tous, sauf ceux en qui nous avons entière confiance; car un nom recèle un grand pouvoir, et un grand danger. Autrefois, au commencement du temps, quand Segoy éleva les Iles de Terremer des profondeurs de l'océan, toutes les choses portaient leur vrai nom. Et tout acte de magie, toute sorcellerie, repose encore sur la connaissance – le réapprentissage, le souvenir – de l'ancien et vrai langage de la Création. Il faut, bien sûr, apprendre les envoûtements, la manière de se servir des mots; et il faut en connaître également les conséquences. Mais ce à quoi un sorcier consacre sa vie, c'est de découvrir les noms des choses, et de découvrir comment découvrir le nom des choses. »

– « Comment as-tu découvert le mien? »

Il contempla un moment, son regard profond et clair traversant les ténèbres qui les séparaient; et il hésita un instant. « Je ne puis te le dire. Tu es pareille à une lanterne couverte, cachée en un lieu sombre. Pourtant la lumière luit; ils n'ont pu l'éteindre. Ils ne sont point parvenus à te cacher. De même que je connais la lumière, et que je te connais, de même je connais ton nom, Tenar. C'est mon don, mon pouvoir. Je ne puis t'en dire plus. Mais toi, dis-moi : que vas-tu faire maintenant? »

– « Je ne sais pas. »

– « Kossil a trouvé une fosse vide, à l'heure qu'il est. Que va-t-elle faire? »

– « Je l'ignore. Si je remonte, elle peut me faire exécuter. Pour une Grande Prêtresse, le mensonge est puni de mort. Elle peut me faire sacrifier sur les marches du Trône si elle le veut. Et Manan cette fois devra réellement me trancher la tête, au lieu de brandir simplement l'épée en attendant que la Forme Noire l'arrête. Mais cette fois elle ne l'arrêterait pas; la lame s'abaisserait et couperait ma tête. »

Sa voix était terne et son débit lent. Il se rembrunit. « Si nous restons longtemps ici », dit-il, « tu vas devenir folle, Tenar. La colère des Innommables pèse lourdement sur ton esprit. Et sur le mien. Cela va mieux maintenant que tu es là, beaucoup mieux. Mais il s'est écoulé beaucoup de temps avant que tu viennes, et j'ai dépensé la plus grande part de mon énergie. Nul ne peut longtemps tenir seul tête aux Ténébreux. Ils sont très forts. » Il s'interrompit; sa voix s'était assourdie, et il semblait avoir perdu le fil de sa pensée. Il frotta ses mains contre son front, puis alla boire à nouveau à la gourde. Il rompit un quignon de pain, et pour le manger s'assit sur le coffre en face d'elle.

Ce qu'il disait était vrai; elle sentait un poids, une pression sur son esprit, qui semblait obscurcir et embrouiller toute pensée, tout sentiment. Pourtant, elle n'était pas terrifiée comme elle l'avait été en traversant seule les couloirs. Seul le silence absolu à l'extérieur de la salle lui paraissait redoutable. Pourquoi cela? Jamais auparavant elle n'avait craint le silence souterrain. Mais jamais non plus elle n'avait auparavant désobéi aux Innommables, jamais elle ne s'était opposée à eux.

Elle émit finalement un petit rire plaintif. « Nous sommes assis sur le plus grand trésor de l'Empire », dit-elle. « Le Dieu-Roi donnerait toutes ses épouses pour l'un de ces coffres. Et nous n'avons pas même soulevé un couvercle. »

– « Moi si », dit l'Épervier, tout en mastiquant.

– « Dans le noir? »

– « J'ai fait un peu de lumière. Une lumière de mage. C'était difficile, ici. Même avec mon bâton, ç'aurait été difficile; et sans lui, c'était comme d'essayer d'allumer un feu sous la pluie avec du bois mouillé. Mais elle a fini par venir. Et j'ai trouvé ce que je cherchais. »

Elle leva lentement la tête pour le regarder. « L'anneau? »

– « La moitié de l'anneau. Tu possèdes l'autre moitié. »

– « Moi? L'autre moitié a été perdue... »

– Et retrouvée. Je la portais à une chaîne autour de mon cou. Tu me l'as enlevée, me demandant si je ne pouvais me payer un meilleur talisman. Le seul talisman qui surpasse la moitié de l'Anneau d'Erreth-Akbe serait l'anneau complet. Mais, comme on dit, la moitié d'un pain vaut mieux que point de pain. Ainsi, maintenant, tu as ma moitié, et j'ai la tienne. » Il lui sourit à travers les ombres du tombeau.

– « Tu as dit, lorsque je l'ai prise, que je ne saurais pas m'en servir. »

– « C'était vrai. »

– « Et toi, tu sais? »

Il acquiesça.

« Dis-moi. Dis-moi ce qu'est cet anneau, et comment tu as trouvé la moitié qui était perdue, et comment tu es venu ici, et pourquoi. Il faut que tout cela, je le sache, et alors peut-être saurai-je ce que je dois faire. »

– « Peut-être le sauras-tu, oui... D'accord. Ce qu'est l'Anneau d'Erreth-Akbe? Comme tu peux le voir, son aspect n'a rien de précieux, et ce n'est même pas un anneau. Il est trop grand. Un bracelet, peut-être, bien qu'il paraisse trop petit pour cela. Nul ne sait pour quel usage il a été conçu. Elfarran la Belle le portait jadis, avant que l'Ile de Soléa ne se perdît sous la mer; et l'anneau était déjà ancien en ce temps. Il est enfin parvenu entre les mains d'Erreth-Akbe... Le métal est de l'argent trempé, et il est percé de neuf trous. A l'extérieur est gravé un dessin qui ressemble à des vagues, et à l'intérieur figurent neuf Runes de Pouvoir. La moitié en ta possession porte quatre runes et un peu d'une autre; et il en est de même pour la mienne. La cassure à coupé ce symbole juste au milieu, et l'a détruit. C'est ce qu'on appelle, depuis lors, la Rune Perdue. Les huit autres sont connues des Mages : Pirr, qui protège de la folie, du feu, et du vent, Ges, qui donne l'endurance, et ainsi de suite. Mais la rune brisée était celle qui liait les terres. C'était la Rune-Lien, le signe de l'autorité, le signe de la paix. Aucun roi ne pouvait gouverner convenablement s'il ne le faisait point sous ce signe. Mais personne ne sait comment on l'écrivait. Depuis qu'on l'a perdu, il n'y a plus eu de grand roi à Havnor. Il y a eu des princes et des tyrans, et des guerres et des querelles entre toutes les contrées de Terremer.

« Aussi, les seigneurs les plus sages et les Mages de l'Archipel voulaient-ils l'Anneau d'Erreth-Akbe, afin de reconstituer la rune perdue. Mais ils ont fini par renoncer à envoyer des hommes à sa recherche, puisque nul ne pouvait s'emparer de la moitié se trouvant dans les Tombeaux d'Atuan, et que l'autre moitié, qu'Erreth-Akbe avait donnée à un roi Kargue, était depuis longtemps perdue. Ils disaient que cette quête était vaine. Il y a de cela plusieurs siècles.

« Et voici comment je me suis trouvé mêlé à cette histoire. Alors que j'étais un peu plus âgé que toi, je me suis lancé dans une... poursuite, une sorte de chasse à travers les mers. Ce que je chassais m'a joué un tour, et j'ai échoué sur une île déserte, pas très loin des côtes de Karego-At et d'Atuan, au sud-ouest d'ici. C'était un petit îlot, guère plus qu'un banc de sable, avec de longues dunes herbeuses dans le milieu, une source d'eau salée, et c'est tout.

« Deux personnes y vivaient cependant. Un vieil homme et une femme; le frère et la sœur, je crois. Je les terrifiais. Ils n'avaient pas vu de visage humain depuis... combien de temps? Des années, des dizaines d'années. Mais j'étais dans le besoin, et ils furent bons envers moi. Ils avaient une hutte faite d'épaves, et un feu. La vieille femme me donna à manger : des moules qu'elle cueillait sur les rochers à marée basse, de la viande séchée d'oiseaux de mer, qu'ils tuaient en leur jetant des pierres. Elle avait peur peur de moi, mais elle me nourrit. Comme je ne faisais rien pour l'effrayer, elle en arriva à me faire confiance, et me montra son trésor. Elle aussi possédait un trésor... Une petite robe. Toute de soie perlée. Une petite robe d'enfant, une robe de princesse. Elle-même était vêtue de peaux de phoque non séchées.

« Nous ne pouvions guère communiquer. J'ignorais la langue Kargue à cette époque, et eux ne connaissaient aucun langage de l'Archipel, et assez peu celui qui était leur. On avait dû les amener là lorsqu'ils étaient de jeunes enfants, et les abandonner à la mort. Je ne sais pas pourquoi, et je doute qu'ils le sussent. Ils ne connaissaient rien d'autre que l'île, le vent et la mer. Mais quand je suis parti, elle me fit un cadeau. Elle me donna la moitié perdue de l'Anneau d'Erreth-Akbe. »

Il marqua une pause.

« J'ignorais, autant qu'elle, à quoi il pouvait servir... Le plus fantastique cadeau de notre ère; et il fut donné par une pauvre vieille idiote en peaux de phoque à un rustre qui le fourra dans sa poche, dit merci, et reprit la mer!... J'ai donc continué ma route, et fait ce que j'avais à faire. Puis d'autres choses se sont présentées, je suis parti pour la Passe des Dragons, à l'ouest, et ainsi de suite. Mais j'ai constamment gardé cet objet sur moi, car j'éprouvais de la gratitude envers cette vieille femme, qui m'avait donné le seul présent qu'elle eût à offrir. J'ai passé une chaîne dans l'un des trous, et l'ai porté ainsi, sans jamais lui accorder une pensée. Puis un jour, sur Sélidor, l'Extrême Ile, la terre où Erreth-Akbe périt au cours de sa lutte contre le dragon Orm – sur Sélidor, je me suis entretenu avec un dragon de la lignée d'Orm. Il m'a dit ce qu'était l'objet que je portais sur ma poitrine.

« Il trouvait très comique que je ne le sache point. Les dragons nous trouvent amusants. Mais ils se souviennent d'Erreth-Akbe; de lui, ils parlent comme s'il eût été un dragon, et point un homme.

« Quand j'eus regagné les Iles du Centre, j'allai enfin à Havnor. Je suis né sur Gont, qui se trouve non loin à l'ouest de votre pays Kargue, et j'avais beaucoup voyagé depuis; mais jamais je n'étais allé à Havnor. Il était temps que je m'y rende. Je vis les tours blanches, et parlai aux grands personnages, marchands, princes et seigneurs des domaines anciens. Je leur dis ce que j'avais en ma possession. Je leur dis que, s'ils le voulaient, j'irais chercher le reste de l'anneau dans les Tombeaux d'Atuan, afin de retrouver la Rune Perdue, la clé de la paix. Car nous avons grand besoin de paix dans le monde. Ils me prodiguèrent force éloges; et l'un d'eux me donna même de l'argent pour mes provisions. J'appris donc votre langue, et arrivai à Atuan. »

Il se tut, fixant les ombres devant lui.

– « Les gens de nos villes ne t'ont-ils pas reconnu pour un homme de l'Ouest, à cause de ta peau, de ta prononciation ? »

– « Oh, il est facile d'abuser les gens », dit-il, l'air plutôt absent « quand on connaît des tours. Il suffit de quelques changements-illusions, et personne, sauf un autre mage, n'y verra rien. Et vous n'avez ni sorciers ni mages, ici, dans le pays Kargue. C'est bien étrange. Vous avez banni tous vos sorciers il y a bien longtemps, et interdit la pratique de l'Art de Magie; et à présent, c'est à peine si vous y croyez. »

– « On m'a appris à ne pas y croire. C'est contraire

aux enseignements des Prêtres-Rois. Mais je sais que seule la sorcellerie à pu t'amener jusqu'aux Tombeaux, et te faire franchir la porte de roc rouge. »

– « Pas seulement la sorcellerie, mais également de bons conseils. Nous employons l'écriture plus que vous ne le faites, je crois. Sais-tu lire? »

– « Non. C'est un des arts noirs. »

Il hocha la tête. « Mais un art utile. Un voleur malchanceux a laissé certaines descriptions des Tombeaux d'Atuan, et des instructions permettant d'y entrer, si l'on connaît l'un des Grands Sorts d'Ouverture. Tout cela a été consigné dans un livre conservé dans le trésor d'un prince d'Havnor. Il m'a permis de le lire. C'est ainsi que je suis parvenu jusqu'à la grande caverne... »

– « L'En-Dessous des Tombeaux... »

– « Le voleur qui a écrit le livre pensait que le trésor se trouvait là, dans l'En-Dessous des Tombeaux. J'ai donc cherché, mais j'avais le sentiment qu'il devait être mieux caché, plus loin dans le dédale. Je savais comment entrer dans le labyrinthe; et quand je t'ai vue, c'est là que je me suis rendu, pensant m'y cacher et fouiller. C'était une erreur, bien sûr. Les Innommables avaient déjà prise sur moi, et égaraient mon esprit. Et depuis, je n'ai fait que devenir plus faible et plus stupide. Il ne faut pas se soumettre à eux; il faut leur résister, conserver toujours une âme forte et sûre. J'ai appris cela depuis longtemps. Mais il est difficile de le faire ici, où ils sont si puissants. Ce ne sont pas des dieux, Tenar. Mais ils sont plus forts que n'importe quel homme! »

Ils restèrent tous deux silencieux pendant un long moment.

– « Qu'as-tu trouvé d'autres dans les coffres au trésor? » interrogea-t-elle d'une voix sourde.

– « De la pacotille. De l'or, des bijoux, des couronnes, des épées. Rien que puisse revendiquer un homme vivant... Dis-moi, Tenar, comment as-tu été choisie pour être la Prêtresse des Tombeaux? »

– « Quand meurt la Première Prêtresse, ils partent tous à travers Atuan à la recherche d'un bébé de sexe féminin né la nuit de la mort de la Prêtresse. Et ils en trouvent toujours un. Car c'est la Prêtresse réincarnée. Lorsque l'enfant a cinq ans, ils la conduisent ici, au Lieu. Et quand elle a six ans, elle est offerte aux Ténébreux, qui dévorent son âme. Ainsi leur appartient-elle, et ainsi leur a-t-elle appartenu depuis le commencement. Et elle n'a pas de nom. »

– « Crois-tu à tout cela? »

– « J'y ai toujours cru. »

– « Y crois-tu à présent? »

Elle ne répondit pas.

A nouveau le silence empli d'ombres tomba entre eux deux. Au bout d'un long moment, elle dit : « Parle-moi... parle-moi des dragons de l'Ouest. »

– « Tenar, que vas-tu faire? Nous ne pouvons rester ici à nous raconter des histoires jusqu'à ce que la chandelle s'éteigne, et que reviennent les ténèbres. »

– « Je ne sais pas quoi faire. J'ai peur. » Elle se redressa sur le coffre en pierre, les mains crispées, et parla fort, comme quelqu'un qui a mal. Elle dit : « J'ai peur des ténèbres. »

Il répondit avec douceur : « Il te faut choisir. Ou bien tu me quittes, verrouilles la portes, remontes à tes autels et m'abandonnes à tes Maîtres; puis tu vas voir la Prêtresse Kossil et fais la paix avec elle – et c'est la fin de l'histoire. Ou bien tu ouvres la porte et sors, avec moi. Tu quittes les Tombeaux, tu quittes Atuan, et pars avec moi au-delà de la mer. Et c'est le commencement de l'histoire. Il faut être Arha, ou être Tenar. tu ne peux pas être les deux à la fois. »

La voix profonde était douce et assurée. Elle scruta à travers les ombres son visage, qui était dur et couturé, mais ne contenait nulle cruauté, nulle fourberie.

– « Si je quitte le service des Ténébreux, ils me tueront. Et si je quitte ce lieu, je mourrai. »

– « Tu ne mourras pas. C'est Arha qui mourra. »

– « Je ne puis... »

– « Pour renaître, il faut mourir, Tenar. Ce n'est pas si difficile qu'il y paraît de l'autre côté. »

– « Ils ne nous laisseront pas sortir. Jamais. »

– « Peut-être pas. Mais cela vaut la peine d'essayer.

Tu as la connaissance, et j'ai les dons, et à nous deux nous possédons... » Il s'interrompit.

– « Nous avons l'Anneau d'Erreth-Akbe. »

– « Oui. Mais je pensais à autre chose que nous partageons. Appelons-la confiance... C'est l'un de ses noms. C'est une très grande chose. Bien que chacun de nous soit faible, isolément, avec cette chose nous sommes forts, plus forts que les Puissances des Ténèbres. » Ses yeux étaient clairs et brillants dans son visage couturé. « Écoute, Tenar! Je suis venu ici en pillard, en ennemi, armé contre toi; et tu m'as montré de la pitié, et m'as fait confiance. Et moi je t'ai fait confiance dès la première fois où j'ai vu ton visage, l'espace d'un moment, dans la caverne sous les Tombeaux, si beau dans les ténèbres. Tu m'as prouvé ta confiance. Je ne t'ai rien donné en retour. Et je vais te donner tout ce que j'ai à donner. Mon vrai nom est Ged. Et il t'appartient maintenant. » Il s'était levé, et lui tendait un demi-cercle d'argent percé et gravé. « Que l'anneau se ressoude », dit-il.

Elle le prit de sa main. Elle fit glisser de son cou la chaîne d'argent à laquelle pendait l'autre moitié, qu'elle ôta de la chaîne. Elle posa les deux morceaux dans sa paume, en faisant se joindre les bords, de sorte que l'anneau paraissait entier.

Elle ne leva pas le visage.

« Je viendrai avec toi », dit-elle.

X

LA COLÈRE DES TÉNÈBRES

QUAND elle eut dit ces mots, l'homme qui se nommait Ged mit sa main dans la sienne, tenant le talisman brisé. Elle releva les yeux, tressaillant, et le vit empourpré de vie et de triomphe, qui souriait. Elle fut consternée et eut soudain peur de lui. « Tu nous as libérés tous deux », dit-il. « Seul, nul ne peut obtenir la liberté. Viens, ne perdons pas le temps qui nous reste! Montre-moi encore le talisman, un petit moment. » Elle avait refermé ses doigts sur les morceaux d'argent, mais à sa requête les présenta à nouveau sur sa main, les bords de la cassure joints.

Il ne les prit pas, mais posa les doigts dessus. Il prononça quelques mots, et soudain la sueur se mit à ruisseler sur son visage. Elle sentit un bizarre petit frémissement sur la paume de sa main, comme si un petit animal endormi là eût bougé. Ged soupira. Sa tension parut se relâcher, et il s'essuya le front. « Voilà », dit-il; s'emparant de l'Anneau d'Erreth-Akbe, il le fit glisser le long des doigts de la main droite de la jeune fille, forçant à peine là où la main est la plus large, et l'ajusta à son poignet. « Voilà! » et il considéra son œuvre avec satisfaction. « Il te va. Ce doit être un bracelet de femme, ou d'enfant. » « Tiendra-t-il? » murmura-t-elle, émue de sentir le contact froid et délicat du ruban d'argent sur son bras mince.

– « Oui. Je ne pouvais imposer un simple charme de

réparation sur l'Anneau d'Erreth-Akbe, comme une sorcière de village qui répare une bouilloire. J'ai dû employer un charme de modelage, pour le reconstituer. Il est entier à présent, comme s'il n'avait jamais été cassé. Tenar, il nous faut partir. Je vais porter le sac et la gourde. Prends ton manteau. Y a-t-il autre chose? »

Tandis qu'elle fourrageait dans la serrure pour ouvrir la porte, il dit : « J'aimerais avoir mon bâton », et elle répondit, en chuchotant : « Il est derrière la porte. Je l'ai apporté. »

– « Pourquoi? » interrogea-t-il avec curiosité.

– « Je pensais... te conduire jusqu'à la porte. Te laisser partir. »

– « C'était un choix que tu ne pouvais pas faire. Tu pouvais me garder comme esclave, et être une esclave; ou me libérer, et partir librement avec moi. Viens, petite, sois courageuse, tourne la clé. »

Elle tourna la clé en forme de dragon et ouvrit la porte sur le couloir bas et noir. Elle sortit du Trésor des Tombeaux, l'anneau d'Erreth-Akbe à son bras, et l'homme la suivit.

Une sourde vibration, pas tout à fait un bruit, était perceptible dans la roche des parois, du sol et de la voûte. C'était comme un lointain grondement de tonnerre, comme la chute de quelque chose d'immense, très loin.

Les cheveux de Tenar se dressèrent sur sa tête; et, sans réfléchir, elle souffla la chandelle dans la lanterne d'étain. Elle entendit l'homme se déplacer derrière elle; il dit de sa voix calme, si proche que son haleine fit bouger ses cheveux : « Laisse cette lanterne. Je peux faire de la lumière si besoin est. Quelle heure est-il, dehors?

– « Minuit était passé depuis longtemps lorsque je suis venue ici. »

– « Alors, il nous faut aller de l'avant. »

Mais il ne bougea pas. Elle prit conscience du fait qu'il lui appartenait de le guider. Elle seule savait comment sortir du Labyrinthe, et il attendait qu'elle lui montre le chemin. Elle se mit en route, pliée en deux tellement le tunnel était bas, mais à une allure soutenue. Au croisement de passages invisibles leur parvenait une haleine froide, une odeur aigre d'humidité, l'odeur sans vie du gouffre immense en dessous d'eux. Lorsque le passage se fit un peu plus haut et qu'elle put se redresser, elle ralentit, comptant ses pas, car ils approchaient du puits. Le pied en alerte, attentive au moinde de ses mouvements, il la suivait de près. Dès qu'elle s'arrêtait, il s'immobilisait.

« Le puits est là », chuchota-t-elle. « Je n'arrive pas à trouver la corniche. Non, ici. Attention, je crois que les pierres sont branlantes... Non, non, attends... le sol est glissant... » Elle recula en biais pour se placer en lieu sûr, car les pierres basculaient sous ses pieds. L'homme lui prit le bras et la retint. Son cœur battait la chamade. « La corniche n'est pas sûre, les pierres sont branlantes. »

– « Je vais faire un peu de lumière, et les inspecter. Peut-être pourrai-je les arranger avec le mot convenable. Tout va bien, petite. »

Elle songeait combien il était bizarre qu'il l'appelât comme Manan l'avait toujours appelée. Et, comme il allumait une faible lueur au bout de son bâton, pareille à celle qui prend sur le bois pourri, ou à celle d'une étoile derrière le brouillard, et s'avançait sur l'étroite voie longeant le noir abysse, elle aperçut la silhouette massive qui se dessinait dans les ténèbres au-delà de lui, et la reconnut pour celle de Manan. Mais sa voix resta captive dans sa gorge, comme prisonnière d'un lacet, et elle ne put crier.

Alors que Manan étendait le bras pour le faire tomber de son perchoir peu solide dans le puits, Ged leva les yeux, l'aperçut, et avec un cri de surprise, ou de rage, lui porta un coup de bâton. Comme il criait, la lumière flamboya d'un éclat blanc, insoutenable, en plein dans le visage de l'eunuque. Manan leva vivement une de ses grosses mains pour protéger ses yeux, allongea désespérément le bras pour saisir Ged, le manqua, et tomba.

Il n'émit aucun cri dans sa chute. Aucun son ne monta du puits noir, ni celui de son corps heurtant le fond, ni celui de sa mort, rien. Accrochés dangereusement à la corniche, agenouillés, figés sur le rebord, Ged et Tenar ne bougeaient pas, écoutaient, et n'entendaient rien.

La lumière était une flammèche grise à peine visible.

« Viens! » dit Ged en lui tendant la main; elle la prit, et en trois enjambées audacieuses il la fit passer de l'autre côté. Il éteignit la lumière. Elle marcha à nouveau devant pour le guider. Elle était tout engourdie et ne pensait à rien. Ce n'est qu'au bout d'un moment qu'elle se demanda: *Est-ce à droite ou à gauche?*

Elle s'arrêta.

Ayant fait halte à quelques pas derrière elle, il dit doucement: « Qu'y a-t-il? »

– « Je suis perdue. Fais de la lumière. »

– « Perdue? »

– « J'ai... j'ai perdu le compte des tournants. »

– « Je les ai comptés », dit-il en se rapprochant. « Un tournant à gauche après le puits; puis à droite, et à droite encore. »

– « En ce cas le prochain est encore à droite », dit-elle machinalement, mais sans bouger. « Fais de la lumière. »

– « La lumière ne nous montrera pas le chemin, Tenar. »

– « Plus rien ne nous l'indiquera. Nous l'avons perdu. Nous sommes perdus. »

Un silence de mort se referma sur son chuchotement et le dévora.

Elle perçut le mouvement et la chaleur de l'autre, proche d'elle dans l'obscurité et le froid. Il chercha sa main et la saisit. « Continue, Tenar. Le prochain tournant à droite. »

– « Fais de la lumière », implora-t-elle. « Les tunnels sont si tortueux... »

– « Je ne peux pas. Je n'ai pas d'énergie à gaspiller. Tenar, ils sont... Ils savent que nous sommes sortis du Trésor. Ils savent que nous avons franchi le puits. Ils sont à notre recherche, à la recherche de notre volonté, de notre esprit. Pour l'éteindre, le dévorer. C'est cela que je dois garder allumé. C'est là que passe toute ma force. Je dois leur tenir tête; avec toi. Avec ton aide. Nous devons continuer. »

– « Nous ne pourrons pas sortir », dit-elle; mais elle fit cependant un pas en avant. Puis un autre, hésitant comme si sous chacun de ses pas s'ouvrait un gouffre noir béant, le vide sous la terre. La main ferme et chaude étreignait la sienne. Ils avancèrent.

Au bout de ce qui leur parut être un temps très long, ils arrivèrent à la volée de marches. Elle ne semblait pas si raide, auparavant; les marches n'étaient guère plus que de visqueuses entailles dans le rocher. Ils les gravirent cependant, puis poursuivirent à une allure un peu plus rapide, car elle savait que le passage en courbe se continuait un long moment sans tournants latéraux après les marches. Ses doigts, qu'elle traînait sur le mur de gauche pour se guider, rencontrèrent une brèche, une ouverture sur la gauche. « Ici », murmura-t-elle; mais il resta en arrière, comme si quelque chose dans ses mouvements avait fait naître un doute.

« Non », marmonna-t-elle confusément, « pas celui-ci; c'est le prochain tournant à gauche. Je ne sais pas. Je n'y arrive pas. Nous ne pouvons pas sortir. »

– « Nous allons à la Chambre Peinte », dit la voix calme au sein des ténèbres. « Comment s'y rend-on? »

– « Le prochain tournant à gauche. »

Elle ouvrit la marche. Ils parcoururent un long circuit, pour sortir de cette mauvaise voie, jusqu'au passage qui s'ouvrait à droite vers la Chambre Peinte.

« Tout droit », chuchota-t-elle; le long défilé des ténèbres était plus facile maintenant, car elle connaissait ces passages menant à la porte en fer, et avait compté leurs tournants des centaines de fois; l'étrange poids qui pesait sur son esprit ne pouvait réussir à l'embrouiller, si elle ne tentait pas de penser. Mais ils se rapprochaient sans cesse de cette chose qui l'oppressait et pesait sur elle; et ses jambes étaient si lasses et lourdes qu'elle gémit une ou deux fois, tant il lui coûtait de les mouvoir. Et, auprès d'elle, l'homme respirait profondément et retenait son souffle, encore et encore, comme quelqu'un qui accomplit un puissant effort avec toute la force de son corps. Parfois sa voix se faisait entendre, brève et impérieuse, dans un mot ou un fragment de mot. C'est ainsi qu'ils parvinrent enfin à la porte de fer. Prise d'une soudaine terreur, elle étendit la main.

La porte était ouverte.

« Vite! » dit-elle, tirant son compagnon pour lui faire franchir le seuil. Puis, de l'autre côté, elle s'arrêta soudain.

« Pourquoi était-elle ouverte? » dit-elle.

– « Parce que tes Maîtres ont besoin de tes mains pour la fermer. »

– « Nous arrivons au... » La voix lui manqua.

– « Au centre des ténèbres. Je sais. Cependant nous sommes sortis du Labyrinthe. Quelles sont les issues de l'En-Dessous des Tombeaux? »

– « Il n'y en a qu'une. La porte par laquelle tu es entré ne s'ouvre pas de l'intérieur. Il faut traverser la caverne, prendre des passages qui montent jusqu'à une trappe, dans une pièce derrière le Trône. Dans la Salle du Trône. »

– « Alors c'est ce chemin qu'il nous faut suivre. »

– « Mais elle est là », murmura la jeune fille. « Là, dans l'En-Dessous des Tombeaux. Elle fouille la fosse vide. Je ne puis passer à nouveau devant elle; oh, je ne puis passer à nouveau devant elle! »

– « Elle doit être partie, maintenant. »

– « Je ne peux pas aller là-bas. »

– « Tenar, en cet instant même, je soutiens le plafond au-dessus de nos têtes. J'empêche les murs de se refermer sur nous. J'empêche le sol de s'ouvrir sous nos pieds. Je fais cela depuis que nous avons dépassé le puits où attendait leur serviteur. Si je peux prévenir le tremblement de terre, as-tu peur, toi, d'affronter une âme humaine en ma compagnie? Fais-moi confiance, comme je te fais confiance! Viens à présent avec moi. »

Ils avancèrent.

L'interminable tunnel s'élargit. Ils eurent le sentiment que l'espace était plus grand, les ténèbres plus vastes. Ils étaient dans l'immense caverne, sous les Pierres Tombales.

Ils entreprirent d'en faire le tour, tout en restant près du mur de droite. Tenar n'avait fait que quelques pas lorsqu'elle s'arrêta. « Qu'est-ce? » murmura-t-elle, d'une voix qui passait à peine ses lèvres. Un bruit se faisait entendre dans l'énorme bulle d'air noire morte; une trépidation ou une secousse, un son qu'on entendait dans le sang et ressentait dans les os. Les parois sculptées par le temps vrombissaient, vrombissaient sous ses doigts.

– « Continue », fit la voix de l'homme, sèche et tendue. « Vite, Tenar. »

Tout en avançant d'un pas hésitant, elle hurlait en pensée, et sa pensée était aussi obscure, aussi ébranlée que le caveau souterrain. « Pardonnez-moi. O mes Maîtres, ô vous qui n'avez pas de nom, vous les anciens, pardonnez-moi, pardonnez-moi! »

Pas de réponse. Il n'y avait jamais eu de réponse.

Ils arrivèrent au passage sous la Salle du Trône, gravirent l'escalier, parvinrent aux dernières marches, et à la trappe au-dessus de leur tête. Elle était fermée, comme elle la laissait toujours. Elle appuya sur le ressort qui l'ouvrait. Mais elle ne s'ouvrit pas.

« Le ressort est cassé », dit-elle. « C'est bloqué. »

Il vint près d'elle et poussa la trappe avec son dos. Elle ne bougea pas.

– « Ce n'est pas bloqué, mais maintenu par quelque chose de lourd. »

– « Peux-tu l'ouvrir? »

– « Peut-être. Je crois qu'elle attend là-haut. A-t-elle des hommes avec elle? »

– « Duby et Uahto, peut-être d'autres gardiens... Les hommes n'ont pas le droit de venir ici... »

– « Je ne puis opérer un charme d'ouverture, retenir les gens qui nous guettent et résister à la volonté des ténèbres en même temps », fit sa voix posée, pensive. « Il nous faut essayer de passer par l'autre porte, dans les rochers, par laquelle je suis entré. Sait-elle qu'elle ne peut s'ouvrir de l'intérieur? »

– « Elle le sait. Elle m'a laissé le tenter une fois. »

– En ce cas, elle n'en tiendra peut-être pas compte. Viens. Viens, Tenar ! »

Elle s'était affaissée sur les marches de pierre, qui bourdonnaient et tremblaient comme si on avait pincé la corde d'un arc immense, dans les profondeurs en dessous d'eux.

– « Qu'est-ce... ce tremblement ? »

– « Viens », dit-il, si calme et assuré qu'elle obéit, et redescendit les marches et les couloirs pour regagner la caverne redoutable.

A l'entrée, elle se sentit écrasée pas un poids si formidable de haine aveugle et implacable, comme le poids de la terre elle-même, qu'elle se ramassa sur elle-même et, sans s'en rendre compte, cria à voix haute : « Ils sont là ! Ils sont là ! »

– « Alors, faisons-leur savoir que nous sommes là aussi », dit l'homme, et de son bâton, de ses mains, jaillit une clarté blanche qui déferla, comme la vague dans le soleil, sur les milliers de diamants de la voûte et des murs : une lumière resplendissante, dans laquelle ils s'élancèrent tous deux, tout droit à travers l'immense caverne, leurs ombres courant sur les nervures blanches et les crevasses scintillantes, et la tombe ouverte, vide. Jusqu'à la porte basse, ils coururent, tout le long du tunnel, courbés en deux, elle en tête, lui la suivant. Là, dans le tunnel, les rochers grondaient et bougeaient sous leurs pieds. Pourtant la lumière était toujours avec eux, éblouissante. Comme elle voyait le visage de roc mort devant elle, elle entendit, par-dessus le tonnerre de la terre, sa voix à lui, prononçant un mot, et comme elle tombait sur ses genoux, son bâton s'abattit, au-dessus de sa tête, sur le roc rouge de la porte close. Les rochers parurent s'enflammer dans une lueur blanche, et s'écartèrent dans une explosion.

Au-dehors le ciel pâlissait à l'approche de l'aube. Il contenait quelques étoiles blanches, hautaines et froides.

Tenar vit les étoiles et sentit la douce brise sur son visage ; mais elle ne se releva pas. Elle était affalée là, sur les mains et les genoux, entre ciel et terre.

L'homme, étrange forme sombre dans la semi-clarté qui précède l'aurore, se retourna et la tira par le bras pour la faire se relever. Son visage était noir et convulsé comme celui d'un démon. Elle s'écarta de lui, criant d'une voix épaisse qui n'était pas la sienne, comme si une langue morte eût remué dans sa bouche : « Non, non! Ne me touche pas... Laisse-moi... Va-t-en! » Et elle reculait, s'éloignant de lui, dans la bouche désagrégée et sans lèvres des Tombeaux.

Il relâcha son étreinte. Et dit d'une voix tranquille : « Par le lien que tu portes, je t'ordonne de venir, Tenar. »

Elle vit la lumière stellaire sur l'argent de l'anneau à son bras. Les yeux rivés sur elle, elle se leva, chancelant. Elle posa sa main sur la sienne, et le suivit. Elle ne pouvait courir. Ils descendirent la colline. De la bouche noire entre les rochers, derrière eux, s'échappa un long, long grognement de haine et de lamentation. Des pierres s'abattirent autour d'eux. Le sol frémit. Ils continuèrent, et elle gardait les yeux fixés sur la clarté chatoyante des étoiles à son poignet.

Ils se trouvaient dans la sombre vallée à l'ouest du Lieu. A présent, ils commençaient l'ascension; et tout à coup il lui commanda de se retourner : « Regarde... »

Elle se retourna, et vit. Ils se trouvaient de l'autre côté de la vallée, au niveau des Pierres Tombales, des neuf gigantesques monolithes qui se trouvaient, dressés ou couchés, au-dessus de la caverne de diamants et de tombeaux. Les pierres dressées bougeaient. Elles tressautaient et s'inclinaient lentement comme des mâts de bateaux. L'une d'elles parut se tordre et s'élever; puis un frémissement la parcourut, et elle chut. Une autre s'affaissa et s'écrasa en travers de la première. Derrière elles, le dôme bas de la Salle du Trône, noir sur la lumière jaune de l'est, trembla. Les murs se bombèrent. Toute l'énorme masse délabrée de pierre et de maçonnerie changea de forme, comme l'argile dans l'eau mourante; et elle s'affaissa sur elle-même. Puis, avec un rugissement, dans une soudaine tempête d'éclats et de poussière, elle glissa sur le côté et s'écroula. La terre dans la vallée ondula et sursauta; une sorte de vague courut sur le flanc de la colline, et une immense fissure s'ouvrit entre les Pierres Tombales, béant sur la noirceur du dessous, d'où s'échappait la poussière comme une fumée grise. Les pierres encore debout culbutèrent, et furent englouties. Alors, avec un fracas qui sembla se répercuter jusque dans le ciel, les lèvres noires de la fissure à vif se refermèrent; et les collines tremblèrent encore une fois, puis se calmèrent.

Les yeux de Tenar se détachèrent de l'horreur de ce tremblement de terre pour se porter sur l'homme, à son côté, dont elle n'avait jamais vu le visage à la lumière du jour.

« Tu l'as retenu », dit-elle, et sa voix sifflait comme le vent dans les roseaux, après ce beuglement puissant, ce cri de la terre. « Tu as retenu le tremblement de terre, la colère des ténèbres. »

– « Il faut continuer », dit-il, tournant le dos au soleil levant et aux tombeaux en ruines. « Je suis fatigué, j'ai froid. » Il titubait en marchant, et elle lui prit le bras. Tous deux ne pouvaient que se traîner avec peine. Lentement, comme deux minuscules araignées sur un mur immense, ils gravirent péniblement la pente démesurée de la colline, jusqu'à ce que, parvenus au sommet, ils se tinssent sur un terrain sec, jauni par le soleil levant et strié par les longues ombres éparses de la sauge. Devant eux se dressaient les montagnes de l'ouest, avec leur base violette, leurs versants supérieurs dorés. Tous deux s'arrêtèrent un moment, puis franchirent la crête de la colline et disparurent, hors de vue du Lieu des Tombeaux.

XI

LES MONTAGNES DE L'OUEST

TENAR s'éveilla, se débattant pour échapper à de mauvais rêves, pour sortir de lieux où elle avait si longtemps marché que toute sa chair s'était désagrégée et qu'elle pouvait voir les doubles os blancs de ses avant-bras briller doucement dans l'obscurité. Elle ouvrit les yeux sur une lumière dorée, et respira l'odeur forte de la sauge. A son réveil, elle fut pénétrée d'une grande douceur, d'un plaisir qui l'envahit doucement tout entière jusqu'à déborder; et elle se redressa, étira ses bras, d'où glissèrent les manches noires de sa robe, et regarda autour d'elle, dans un ravissement total.

C'était le soir. Le soleil était bas derrière les montagnes qui se dressaient tout près à l'ouest, mais ses dernières lueurs emplissaient le ciel et la terre : un ciel hivernal, vaste et clair, une terre aride et dorée, de montagnes et de larges vallées. Le vent était tombé. Il faisait froid, et le silence était absolu. Rien ne bougeait. Les feuilles des bouquets de sauge proches étaient sèches et grises, les tiges de minuscules herbes du désert, desséchées, lui picotaient la main. Cette immense clarté silencieuse et splendide brûlait sur chaque brindille, chaque feuille et chaque tige flétries, sur les collines, dans l'air.

Elle regarda à gauche et vit l'homme étendu sur le sol du désert, enroulé dans son manteau, un bras sous la tête, profondément endormi. Dans le sommeil, son visage était sévère, presque renfrogné; mais sa main gauche gisait mollement sur la terre, auprès d'un petit chardon qui portait encore son cadran déchiqueté de peluche grise et sa défense insignifiante d'épines et de piquants. L'homme et le petit chardon du désert; le chardon et l'homme endormi...

C'était un homme dont le pouvoir était comparable à celui des Anciennes Puissances de la Terre, et aussi fort : un homme qui parlait aux dragons, et dont le verbe retenait les tremblements de terre. Et il était étendu là, endormi, à même la terre, avec un petit chardon qui poussait près de sa main. Comme c'était étrange! Vivre, être au monde, était une chose beaucoup plus étrange et formidable qu'elle l'avait jamais rêvé. La splendeur céleste effleura sa chevelure poussiéreuse, et transforma un instant le petit chardon en or.

La lumière s'effaçait lentement. En même temps, le froid semblait croître de minute en minute. Tenar se leva et se mit à rassembler du bois de sauge sec, ramassant les brindilles tombées, rompant les branches épaisses qui croissaient, aussi noueuses, aussi massives, à leur échelle, que des branches de chêne. Ils avaient fait halte en cet endroit aux environs de midi, alors qu'il faisait chaud, et que la lassitude les empêchait d'aller plus loin. Quelques genévriers rabougris, et le versant ouest de la crête qu'ils venaient de descendre, leur procuraient un abri suffisant : ils avaient bu un peu d'eau de la gourde, s'étaient étendus, et endormis.

Il y avait là une litière de branches plus grosses, sous les petits arbres; elle les ramassa. Creusant un trou à l'angle de rochers enfoncés dans la terre, elle fit un feu qu'elle alluma avec son briquet à silex. Les feuilles et les brindilles de sauge, aussi inflammables que l'amadou, prirent sur-le-champ. Les branches sèches se fleurirent de flammes rosées, au parfum de résine. A présent, tout semblait plongé dans le noir, autour du feu; et les étoiles émergeaient à nouveau dans le ciel immense.

Le crépitement des flammes réveilla le dormeur. Il

se mit sur son séant. frotta ses mains sur son visage barbouillé. enfin se leva avec raideur et s'approcha du feu.

« Je me demande... » dit-il d'une voix ensommeillée.

– « Je sais. mais nous ne pouvons passer toute la nuit ici sans feu. Il fait trop froid. » Au bout d'une minute, elle ajouta : « A moins que tu ne connaisses quelque magie qui nous garde au chaud. ou qui dissimule le feu... »

Il s'assit près du feu, les pieds presque dedans. les bras autour des genoux. « Brr ». fit-il. « Le feu vaut beaucoup mieux que la magie. J'ai pratiqué une illusion autour de nous: si quelqu'un vient. nous semblerons des bâtons et des pierres à ses yeux. Qu'en penses-tu? Vont-ils nous suivre? »

– « Je le crains. mais ne le pense pas. Personne sauf Kossil n'était informé de ta présence. Kossil. et Manan. Et ils sont morts. Elle se trouvait certainement dans la Salle du Trône quand celle-ci s'est écroulée. Elle attendait devant la trappe. Et les autres doivent croire que j'étais dans la Salle ou dans les Tombeaux. et que j'ai été écrasée par le tremblement de terre. » Elle mit elle aussi ses bras autour de ses genoux. et frissonna. « J'espère que les autres bâtiments ne se sont pas écroulés. C'était difficile à voir de la colline: il y avait tellement de poussière! Tous les temples et les maisons ne sont sûrement pas effondrés. la Grande Maison où dormaient toutes les filles. »

– « Je ne pense pas. Ce sont les Tombeaux qui se sont dévorés eux-mêmes. J'ai vu le toit d'or de quelque temple lorsque nous nous sommes détournés: il était toujours debout. Et il y avait des silhouettes en bas de la colline. des gens qui couraient. »

– « Que vont-ils dire. que vont-ils penser? Pauvre Penthe! Il se peut qu'elle soit obligée de devenir maintenant Grande Prêtresse du Dieu-Roi. Elle qui a toujours voulu s'enfuir... Moi, je ne voulais pas. Peut-être s'enfuira-t-elle à présent. » Tenar sourit. Il y avait en elle une joie que nulle pensée. nulle crainte ne pouvait assombrir. cette même joie confiante qui avait surgi en elle, à son réveil dans la lumière dorée. Elle ouvrit son sac et en sortit deux petits pains plats; elle en tendit un à Ged par-dessus le feu et mordit dans l'autre. Le pain était dur, aigre, délicieux.

Ils mastiquèrent tous deux en silence pendant un moment.

« A quelle distance sommes-nous de la mer? »

– « Il m'a fallu deux jours et deux nuits pour venir. Il nous faudra plus longtemps pour le retour. »

– « Je suis forte », dit-elle.

– « Oui. Et vaillante. Mais ton compagnon est fatigué », fit-il en souriant. « Et nous n'avons pas tellement de pain. »

– « Trouverons-nous de l'eau? »

– « Demain, dans les montagnes. »

– « Peux-tu nous trouver de quoi manger? » questionna-t-elle, timide et indécise.

– « Pour chasser, il faut du temps et des armes. »

– « Je veux dire... tu sais, avec des charmes. »

– « Je peux appeler un lapin », dit-il, en attisant le feu à l'aide d'une branche de genévrier tordue. « Les lapins sortent de leurs terriers, partout autour de nous, en ce moment. C'est leur heure. Je pourrais en appeler un par son nom, et il viendrait. Mais voudrais-tu capturer et dépouiller un lapin que tu aurais fait venir de cette façon? Peut-être, si tu mourais de faim. Mais ce serait un abus de confiance, à mon avis. »

– « Oui. Je pensais que, peut-être, tu pourrais simplement... »

– « Commander un souper. Oh, je le pourrais. Dans de la vaisselle d'or, si cela te plaît. Mais c'est de l'illusion, et quand on mange des illusions on se retrouve plus affamé encore qu'avant. C'est à peu près aussi nourrissant que de manger des mots. » Elle vit ses dents blanches étinceler un instant à la lueur du feu.

– « Ta magie est particulière », dit-elle, avec une certaine dignité, d'égal à égal, de Prêtresse à Mage. « Elle semble n'être utile que pour les questions d'importance. »

Il remit du bois dans le feu, qui flamba dans le

crépitement d'une gerbe d'étincelles dans un parfum de genévrier.

– « Peux-tu vraiment appeler un lapin? » interrogea soudain Tenar.

– « Veux-tu que je le fasse? »

Elle acquiesça.

Il s'écarta du feu et dit doucement, vers les ténèbres immenses éclairées d'étoiles : « *Kebbo... O kebbo...* »

Silence. Aucun bruit; aucun mouvement. Mais soudain, à la lisière de la lumière vacillante du feu, émergea un œil rond comme un caillou de jais, tout près du sol. La courbe d'un dos fourré: une oreille, longue, tendue, en alerte.

Ged parla à nouveau. L'oreille battit, et l'animal surgit soudain de l'ombre; puis, comme la petite bête faisait demi-tour, Tenar la vit tout entière, l'espace d'un moment; et d'un bond agile le lapin repartit, insouciant, à ses affaires, dans la nuit.

« Ah! » dit-elle, laissant échapper son souffle. « C'est charmant. » Et aussitôt: « Pourrais-je en faire autant? »

– « Eh bien... »

– « C'est un secret », dit-elle immédiatement, ayant retrouvé sa dignité.

– « Le *nom* de lapin est un secret. Ou, du moins, il ne faut pas l'utiliser à la légère, sans raison. Mais ce qui n'est pas un secret, plutôt un don, ou un mystère, vois-tu, c'est le pouvoir d'appel. »

– « Oh », dit-elle, « tu l'as, je le sais. » Il y avait dans sa voix une passion que ne parvenait pas à dissimuler une moquerie feinte. Il la regarda et ne répondit point.

Il était encore épuisé par son combat contre les Innommables; il avait usé sa force dans les tunnels frémissants. Bien qu'il eût gagné, son humeur n'était guère triomphante. Il se pelotonna bientôt le plus près possible du feu, et s'endormit.

Tenar resta assise, alimentant le brasier et observant les constellations hivernales qui flamboyaient d'un horizon à l'autre, jusqu'à ce que la tête lui tournât de beauté et de silence et qu'elle s'assoupît.

Ils se réveillèrent en même temps. Le feu était mort. Les étoiles qu'elle avait contemplées étaient maintenant loin au-dessus des montagnes, et de nouvelles s'étaient levées à l'est. C'était le froid qui les avait tirés du sommeil, le froid sec de la nuit désertique, le vent pareil à une lame de glace. Le ciel se voilait de nuages venant du sud-ouest.

Le bois ramassé pour le feu était presque épuisé. « Marchons », dit Ged, « l'aube n'est plus très loin. » Il claquait tellement des dents qu'elle comprit à peine. Ils se mirent en chemin, entreprirent l'ascension du long versant ouest. Les buissons et les rochers paraissaient noirs sous la lumière des étoiles, et il était aussi facile de marcher qu'en plein jour. Après le froid des premiers moments, la marche les réchauffa; ils cessèrent de se recroqueviller et de frissonner, et leur allure se fit plus aisée. Si bien qu'au lever du soleil, ils étaient sur la première éminence des montagnes de l'ouest, qui avaient jusque-là muré la vie de Tenar.

Ils firent halte dans un bocage dont les feuilles dorées, frissonnantes, s'accrochaient encore aux rameaux. Il lui dit que c'étaient des trembles; elle ne connaissait pas les arbres, sinon le genévrier, les peupliers maladifs près de la source, et les quarante pommiers du verger du Lieu. Un petit oiseau dans les trembles fit: « cui-cui », d'une petite voix. Sous les arbres courait un ruisseau, étroit mais puissant, bruyant, musclé, franchissant rochers et cascades trop hâtivement pour geler. Tenar en eut presque peur. Elle était accoutumée au désert où les choses sont silencieuses et se meuvent lentement: rivières paresseuses, ombres des nuages, vautours décrivant des cercles.

Ils se partagèrent un morceau de pain et une dernière bouchée de fromage qui s'effritait, en guise de petit déjeuner, se reposèrent un peu, et continuèrent.

Le soir, ils étaient très haut. Le temps était couvert et le vent glacial. Ils établirent leur camp dans la vallée d'un autre cours d'eau, où le bois abondait, et cette fois ils allumèrent un feu de bûchres vigoureux, qui les tint presque au chaud.

Tenar était heureuse. Elle avait découvert la cache

d'un écureuil, mise au jour par la chute d'un arbre creux : deux livres de noix délicieuses et d'une espèce à coquille lisse que Ged, ignorant le nom Kargue, appelait *ubir.* Elle les ouvrit une à une sur une pierre plate, une autre servant de marteau, et tendit à l'homme chaque demi-cerneau.

« J'aimerais pouvoir rester ici », dit-elle, abaissant le regard vers la vallée ventée, entre les collines, qu'éclairait le crépuscule. « Cet endroit me plaît. »

– « C'est un endroit agréable », acquiesça-t-il.

– « Personne ne vient jamais ici ? »

– « Rarement... Je suis né dans les montagnes », dit-il, « sur le Mont de Gont. Nous passerons devant, voguant vers Havnor, si nous prenons la route du nord. Il est beau à voir en hiver, quand il émerge tout blanc de la mer, comme une vague dominant les autres. Mon village se trouvait au bord d'un ruisseau tout pareil à celui-ci. Où es-tu née, Tenar ?

– « Au nord d'Atuan, à Entat, je crois. Je ne m'en souviens pas. »

– « Etais-tu si jeune quand ils t'ont emmenée ? »

– « J'avais cinq ans. Je me rappelle un feu dans un âtre, et... rien d'autre. »

Il se frotta le menton, qui, bien couvert d'une barbe clairsemée, était du moins propre ; en dépit du froid, tous deux s'étaient lavés dans les ruisseaux de montagne. Il se frotta le menton et prit un air pensif et sévère. Elle l'observait, et jamais elle n'aurait pu dire ce qu'elle avait dans le cœur, tandis qu'elle le regardait, à la lumière du feu, dans la nuit tombant sur la montagne.

– « Que vas-tu faire à Havnor ? » dit-il, posant la question au feu, et non à elle. « Tu es vraiment – et plus que je ne l'avais cru – née une nouvelle fois. »

Elle hocha la tête, avec un petit sourire. Elle se sentait comme un nouveau-né.

– « Tu devrais apprendre la langue, au moins. »

– « Ta langue ? »

– « Oui »

– « J'aimerais bien. »

– « Bon ; commençons. Ceci se dit *kabat* », et il jeta

une petite pierre dans le giron de sa robe noire.

– « *Kabat*. Est-ce dans la langue des dragons? »

– « Non, non. Il ne s'agit pas de jeter des sorts,

ais de parler à d'autres hommes et d'autres femmes! »

– « Mais comment dit-on caillou dans la langue des dragons? »

– « *Tolk* », dit-il. « Mais je ne veux pas faire de toi mon apprenti-sorcier. Je veux t'enseigner le langage que les gens parlent dans l'Archipel, les Contrées de l'Intérieur. Il m'a fallu apprendre le tien avant de venir ici. »

– « Tu le parles d'une manière étrange. »

– « Sans doute. A présent, *arkemmi kabat* », et il avança la main pour qu'elle lui rende le caillou.

– « Faut-il que j'aille à Havnor? »

– « Où donc voudrais-tu aller, Tenar? »

Elle hésita.

« Havnor est une belle cité. Et tu apportes l'anneau, le signe de paix, le trésor perdu. Tu seras accueillie là-bas comme une princesse. Ils te rendront hommage pour le présent magnifique que tu leur apportes. Tu seras la bienvenue. Le peuple de cette cité est noble et généreux. Ils t'appelleront la Dame Blanche, à cause de ta peau claire, et ils t'aimeront d'autant plus que tu es si jeune. Et belle. Tu auras une centaine de robes pareilles à celle que je t'ai montrée par l'illusion, mais elles seront vraies. Tu rencontreras l'admiration, la gratitude, et l'amour. Toi qui n'as connu que la solitude, l'envie et les ténèbres. »

– « Il y avait Manan », dit-elle, sur la défensive, et la bouche quelque peu frémissante. « Il m'aimait, et était toujours gentil avec moi. Il me protégeait de son mieux, et je l'ai tué à cause de cela; il est tombé dans le puits noir. Je ne veux pas aller à Havnor. Je ne veux pas aller là-bas. Je veux rester ici. »

– « Ici... à Atuan? »

– « Dans les montanges. Là où nous nous trouvons en ce moment. »

– « Tenar », fit-il, de sa voix grave et tranquille, « en

ce cas, nous resterons ici. Je n'ai pas mon couteau; et s'il neige, ce sera dur. Mais tant que nous trouverons de quoi manger... »

– « Non. Je sais que nous ne pouvons pas rester ici. C'est simple stupidité de ma part », dit Tenar; et elle se leva, dispersant les coquilles de noix, pour aller remettre sa robe et son manteau noirs déchirés et maculés de terre. « Tout ce que je sais n'a plus aucune utilité maintenant. Et je n'ai rien appris d'autre. J'essaierai d'apprendre. »

Ged détourna les yeux, tressaillant comme s'il avait soudain eu mal.

Le jour suivant, ils franchirent le sommet de la chaîne fauve. Dans la passe soufflait un vent fort, charriant de la neige, mordant, aveuglant. Ce n'est que lorsqu'ils furent beaucoup plus bas sur l'autre versant, hors des nuages neigeux des pics, que Tenar vit le pays qui s'étendait au-delà de la muraille montagneuse. Il était entièrement vert – le vert des pins, des prairies, des champs ensemencés et des jachères. Même en plein cœur de l'hiver, quand les fourrés étaient nus et la forêt pleine de branches grises, c'était un pays vert, doux et humble. Ils le contemplaient depuis une haute pente rocheuse au flanc de la montagne. Sans un mot, Ged désigna l'ouest, où le soleil déclinait derrière d'épais nuages pareils à de la crème fouettée. Le soleil lui-même était caché, mais il y avait sur l'horizon un chatoiement presque aussi éblouissant que les parois de cristal de l'En-Dessous des Tombeaux, une sorte de reflet joyeux sur la lisière du monde.

« Qu'est-ce? » dit la jeune fille; et lui; « La mer. »

Peu après, elle vit une chose moins merveilleuse que celle-là, mais quand même extraordinaire. Ils arrivèrent à une route et la suivirent. Et elle les conduisit, à la brune, dans un village: dix ou douze maisons bordant la route. Elle regarda son compagnon avec anxiété quand elle s'aperçut qu'ils arrivaient parmi les hommes. Elle regarda... et ne le vit point. A son côté, dans les habits de Ged, avec sa démarche, dans ses souliers, marchait un autre homme. Il avait la peau blanche, et pas de barbe. Il lui lança une coup d'œil; ses yeux étaient bleus. Il cligna de l'œil.

« Les tromperai-je? » dit-il. « Comment trouves-tu tes vêtements? »

Ella abaissa son regard sur elle-même. Elle portait la jupe brune et la veste d'une paysanne, et un large châle de laine rouge.

« Oh », dit-elle, s'arrêtant tout net. « Oh, tu es... tu *es* Ged! » Prononçant son nom, elle le distingua parfaitement; le visage sombre et couturé qu'elle connaissait, les yeux sombres; et pourtant c'était l'étranger à la peau laiteuse qui se tenait là.

– « Ne prononce pas mon vrai nom devant les autres. Et je ne dirai pas le tien. Nous sommes frère et sœur, et venons de Tenacbah. Et je crois que je demanderai à souper, si j'aperçois un visage aimable. » Il lui prit la main et ils entrèrent dans le village.

Ils repartirent le matin suivant, l'estomac rempli, après une plaisante nuit dans un fenil.

« Les Mages mendient-ils souvent? » interrogea Tenar, sur la route sinuant entre les champs verts, où broutaient des chèvres et du menu bétail tacheté.

– « Pourquoi poses-tu cette question? »

– « Tu paraissais en avoir l'habitude. En fait, tu t'y es fort bien pris. »

– « C'est vrai. Toute ma vie, j'ai mendié, si c'est ainsi que tu considères la chose. Les sorciers ne possèdent pas grand-chose à eux, tu sais. A dire vrai, rien d'autre que leur bâton et leurs vêtements, s'ils sont errants. La plupart des gens les reçoivent, leur offrent gîte et nourriture, heureusement. Mais ils donnent quelque chose en retour. »

– « Quoi donc? »

– « Eh bien, cette femme du village; j'ai guéri ses chèvres. »

– « De quoi souffraient-elles? »

– « Elles avaient toutes deux les pis infectés. Enfant, je gardais les chèvres. »

– « Lui as-tu dit que tu les avais guéries? »

– « Non. Comment l'aurais-je pu? Pourquoi aurais-je dû le faire? »

Au bout d'un moment de silence, elle dit : « Je vois que ta magie ne sert pas seulement pour les grandes choses. »

– « L'hospitalité, l'amabilité envers un étranger, voilà une très grande chose. Les remerciements suffisent, bien entendu. Mais ces chèvres me navraient. »

Dans l'après-midi, ils arrivèrent aux abords d'une grande ville. Elle était construite de briques d'argile, ceinte de murs, à la mode Kargue, avec des créneaux en surplomb, des tours de guet aux quatre coins, et une porte unique, sous laquelle des pasteurs gardaient un large troupeau de moutons. Les toits de tuile rouge d'une centaine de maisons, ou davantage, pointaient par-dessus les murs de brique jaunâtre. Devant la porte se tenaient deux gardes, avec les casques à plumet rouge de l'armée du Dieu-Roi. Tenar avait vu des hommes aux casques identiques arriver, une fois l'an environ, au Lieu, escortant une offrande d'argent ou d'esclaves destinée au temple du Dieu-Roi. Quand elle dit cela à Ged, alors qu'ils longeaient la muraille, il répondit : « Je les ai vus également, lorsque j'étais enfant. Ils effectuaient une razzia sur Gont. Ils sont entrés dans mon village pour le piller. Mais ils furent repoussés. Et il y eut une bataille près d'Armouth, sur le rivage; beaucoup d'hommes furent tués, des centaines, dit-on. Mais peut-être, maintenant que l'anneau est reconstitué et la Rune Perdue reformée, n'y aura-t-il plus de pillages et de tueries semblables entre l'Empire Kargue et les Contrées de l'Intérieur. »

– « Il serait stupide que de telles choses se poursuivent », dit Tenar. « Que ferait le Dieu-Roi de tant d'esclaves? »

Son compagnon sembla méditer cela un moment. « Si les pays Kargues dominaient l'Archipel, veux-tu dire? »

Elle hocha la tête affirmativement.

– « Je ne crois pas la chose très probable. »

– « Mais vois combien l'Empire est puissant – cette

immense cité, avec ses murailles, et tous ces hommes! Comment ton pays pourrait-il résister, s'il l'attaquait? »

– « Ce n'est point une très grande ville », dit-il avec précaution et douceur. « Moi aussi, je la jugerais formidable, si je descendais de ma montagne. Mais il y a beaucoup, beaucoup de cités dans Terremer, auprès desquelles celle-ci n'est qu'une bourgade. Il y a de nombreux, de très nombreux pays. Tu les verras, Tenar. »

Elle ne répondit rien. Elle suivait péniblement la route, le visage buté.

« C'est merveilleux à voir : les nouveaux continents s'élevant de la mer, quand ton bateau s'approche. Les terres cultivées et les forêts, les cités avec leurs ports et leurs palais, les marchés où l'on vend tout ce qui existe par le monde. »

Elle acquiesça. Elle savait qu'il tentait de la réconforter, mais elle avait laissé sa joie là-haut, dans les montagnes, dans la vallée crépusculaire où courait le ruisseau. Il régnait maintenant en elle une crainte qui croissait, croissait. Devant elle, il n'y avait que l'inconnu. Elle ne connaissait que le désert et les Tombeaux. Et à quoi cela lui servait-il? Elle connaissait les détours d'un labyrinthe en ruines, elle connaissait les danses qu'on exécutait devant un autel effondré. Elle ne connaissait rien des forêts, des cités, ou du cœur des hommes.

Elle dit soudain : « Resteras-tu avec moi là-bas? »

Mais elle ne le regardait pas. Il avait pris son déguisement d'illusion, l'apparence d'un paysan Kargue à la peau blanche, et elle n'aimait pas le voir ainsi. Sa voix était cependant inchangée, c'était la même que celle qui avait parlé dans les ténèbres du Labyrinthe.

Il tarda à répondre. « Tenar, je vais là où on m'envoie. Je suis mon destin. Il ne m'a encore jamais permis de rester longtemps dans un pays. Comprends-tu cela? Je fais ce que je dois faire. Là où je vais, je dois aller seul. Tant que tu auras besoin de moi, je resterai près de toi à Havnor. Et si tu as à nouveau besoin de moi plus tard, appelle-moi ! Je viendrai. Je sortirais de ma tombe si tu m'appelais, Tenar ! Mais il m'est impossible de rester avec toi. »

Elle ne dit rien. Au bout d'un moment il ajouta : « Tu n'auras pas longtemps besoin de moi là-bas. Tu seras heureuse. »

Elle hocha la tête, consentante, silencieuse.

Ils poursuivirent leur chemin côte à côte vers la mer.

XII

VOYAGE

Il avait caché son bateau dans une caverne au flanc d'un grand promontoire rocheux, que les villageois alentour appelaient Cap Nuage; l'un d'entre eux leur donna pour leur souper un bol de soupe de poissons. Ils descendirent les falaises jusqu'à la plage, dans les dernières lueurs du jour grisâtre. La caverne était une étroite crevasse qui pénétrait d'une dizaine de mètres dans le rocher; son sol sableux était humide, car elle se trouvait juste au-dessus de la laisse de haute mer. Son entrée était visible de la mer, et Ged dit qu'ils ne devaient pas allumer de feu, de crainte d'éveiller la curiosité des pêcheurs de nuit, qui longeaient la côte dans leurs petites embarcations. Aussi s'étendirent-ils, misérables, sur le sable qui semblait si doux entre les doigts, et était en réalité dur comme le roc au corps las. Et Tenar écouta la mer, à quelques mètres en dessous de l'entrée de la caverne, se fracassant sur les rochers avec des mugissements et des bruits de succion, et son roulement de tonnerre plus bas sur la plage, à des kilomètres vers l'est. Sans répit, elle produisait les mêmes sons, jamais tout à fait semblables cependant. Elle ne connaissait point de repos. Sur tous les rivages de tous les pays du monde, elle se gonflait en vagues turbulentes, et jamais ne cessait, jamais ne s'apaisait. Le désert, les montagnes, eux étaient immobiles. Ils ne hurlaient pas éternellement de cette énorme voix monotone. La mer parlait sans répit, mais son langage lui était étranger. Elle ne le comprenait pas.

Dans la première lumière grise. à marée basse. elle émergea d'un sommeil agité et vit le sorcier quitter la caverne. Elle le regarda marcher. nu-pieds, dans son manteau relevé dans sa ceinture, sur les rochers noirs et velus, en quête de quelque chose. Il revint, et son entrée assombrit la caverne. « Tiens », fit-il, lui tendant une poignée de chose hideuses et humides, semblables à des roches violettes avec des lèvres oranges.

– « Qu'est-ce? »

– « Des moules, cueillies sur les rochers. Et ça, ce sont des huîtres, c'est encore meilleur. Regarde... Comme ça. » A l'aide de la petite dague qu'elle portait avec ses clés, et qu'elle lui avait prêtée dans les montagnes, il ouvrit un coquillage et mangea la moule couleur d'ocre, avec de l'eau de mer en guise de sauce.

– « Tu ne la fais pas cuire? Tu la manges vivante? » Elle refusa de le regarder tandis qu'il continuait, la mine honteuse, mais nullement ébranlé, à ouvrir et manger les coquillages un par un.

Quand il eut fini, il alla jusqu'au bateau, qui gisait, proue en avant, protégé du sable par plusieurs longs rondins de bois flotté. Tenar. la nuit précédente. avait regardé le bateau avec méfiance, et sans comprendre. Il était beaucoup plus grand qu'elle le pensait, trois fois sa taille à elle. Il était plein d'objets dont elle ignorait l'usage, et paraissait dangereux. De chaque côté du nez (c'est ainsi qu'elle nommait la proue) était peint un œil; et, dans son demi-sommeil, elle avait constamment senti le regard du bateau posé sur elle.

Ged fourragea un moment à l'intérieur et ramena quelque chose : un paquet de pain dur, soigneusement enveloppé pour qu'il reste sec. Il lui en offrit un gros morceau.

« Je n'ai pas faim. »

Il scruta son visage morose.

Puis il mit le pain de côté, l'enveloppant comme il l'avait été avant, et s'assit à l'entrée de la caverne. « Dans deux heures environ, la marée va remonter.

Nous pourrons alors partir. Tu as passé une mauvaise nuit; pourquoi ne dors-tu pas maintenant? »

– « Je n'ai pas sommeil. »

Il ne répondit pas, et resta assis là; elle le voyait de profil, les jambes croisées dans la sombre arcade des rochers; derrière lui, elle voyait le mouvement houleux et chatoyant de la mer. Il ne bougeait pas. Il était immobile comme les rochers mêmes. L'immobilité émanait de lui, comme les ondes d'une pierre lancée dans l'eau. Son silence n'était plus l'absence de paroles, mais une chose en soi comme le silence du désert.

Au bout d'un long moment, Tenar se leva et alla jusqu'à l'entrée de la caverne. Il ne bougea pas. Et elle contempla son visage. Il paraissait coulé dans le cuivre, rigide, les yeux noirs grands ouverts mais baissés, la bouche sereine.

Il lui était aussi incompréhensible que la mer.

Où était-il en ce moment, sur quel chemin mental?... Elle ne pourrait jamais le suivre, lui.

C'était lui qui l'avait forcée à le suivre. Il l'avait appelée par son nom, et elle était venue se blottir près de lui, comme le petit lapin du désert était sorti de la nuit pour venir à lui. Et maintenant qu'il possédait l'anneau, maintenant que les Tombeaux étaient en ruine et leur prêtresse à jamais parjure, maintenant, il n'avait plus besoin d'elle, et s'en allait là où elle ne pouvait le rejoindre. Il ne resterait pas avec elle. Il s'était joué d'elle, et allait maintenant la laisser dans la solitude.

Elle se pencha, et d'un geste vif arracha de sa ceinture la petite dague d'acier qu'elle lui avait donnée. Il ne bougea pas plus que s'il eût été une statue.

La lame de la dague n'avait que dix centimètre de long, affilée d'un côté; c'était la miniature d'un couteau de sacrifice. Cela faisait partie du costume de la Prêtresse des Tombeaux, comme le trousseau de clés, une ceinture de crin de cheval, et d'autres objets dont certains n'avaient pas d'usage connu. Elle ne s'était jamais servie de la dague, sinon pour l'une des danses du noir de lune, où elle la lançait et la rattrapait devant le Trône. Elle aimait cette danse : elle était sauvage, et sans musique pour l'accompagner, excepté le battement de ses pieds. Au début, elle se coupait les doigts en l'exécutant, jusqu'à ce qu'elle parvînt à chaque fois à rattraper le couteau par le manche. La petite lame était assez affûtée pour couper un doigt jusqu'à l'os, ou pour trancher l'artère d'une gorge. Elle allait encore servir ses maîtres, bien qu'ils l'eussent trahie et abandonnée. Ils guideraient sa main dans ce dernier acte de ténèbres. Ils accepteraient ce sacrifice.

Elle se tourna vers l'homme, tenant le couteau dans sa main droite cachée derrière sa hanche. A ce moment, il leva lentement la tête et l'observa. Son regard était celui de quelqu'un qui revient de très loin, de quelqu'un qui a vu des choses terribles. Son visage était calme, mais empli de souffrances. Tandis qu'il la fixait, et que sa vision semblait se préciser à chaque instant, son expression s'éclaircit. Enfin, il dit : « Tenar » comme s'il l'avait saluée, et tendit la main pour toucher le bandeau d'argent percé et gravé, à son poignet. Il fit ce geste comme pour se rassurer, et c'était un geste plein de confiance. Il ne prêta aucune attention au couteau, dans sa main. Il porta son regard vers les vagues, qui s'élevaient haut sur les rochers, et dit avec effort : « Il est temps... temps de partir. »

Au son de sa voix, la fureur l'abandonna. Elle eut peur.

« Tu les as laissés derrière toi, Tenar. Tu es libre de tes actes, à présent », dit-il, se levant avec une vigueur soudaine. Il s'étira et noua étroitement sa ceinture sur son manteau. « Aide-moi à sortir le bateau. Les bûches font office de rouleaux. C'est cela, pousse... encore. Là, là, c'est assez. Maintenant tiens-toi prête à y grimper quand je te le dirai. C'est une affaire délicate que se lancer à la mer d'ici... Encore une fois. Là! Monte! » Il la suivit d'un bond dans l'embarcation, l'empêcha de passer par-dessus bord, la fit asseoir dans le fond du bateau; et, campé sur ses jambes écartées, aux avirons, il lança le bateau par-dessus les rochers, sur une vague refluante; ils passèrent la pointe du cap battu par les flots d'écume rugissants, et prirent la mer.

Il rentra les avirons quand ils furent loin des

hauts-fonds et dressa le mât. Maintenant qu'elle était à l'intérieur, le bateau paraissait tout petit, entouré par la mer.

Il hissa la voile. Tout le matériel avait l'air d'avoir déjà longtemps servi, et avoir été mis à rude épreuve; cependant la voile d'un rouge passé avait été rapiécée avec beaucoup de soin, et le bateau était aussi propre et rangé qu'il était possible. Pareil à son maître, il était allé loin, et avait été fort malmené.

« A présent », dit Ged, « nous voilà partis, bel et bien partis; à présent, nous voilà libres. Tenar. Le sens-tu? »

Elle le sentait. La main noire qui toute sa vie avait étreint son cœur avait lâché prise. Mais elle n'éprouvait pas la joie qu'elle avait ressentie dans les montagnes. Elle mit sa tête dans ses bras et pleura, et ses joues étaient humides et salées. Elle pleura ses années gâchées sous la férule d'êtres malfaisants et inutiles. Elle pleurait de douleur, parce qu'elle était libre.

Elle commençait à apprendre le poids de la liberté. C'est un pesant fardeau, et pour l'esprit une charge immense et étrange à assumer. Ce n'est point facile. Ce n'est pas un cadeau que l'on reçoit, mais un choix que l'on fait, et le choix peut être malaisé. La route est escarpée jusqu'à la lumière; et le voyageur ainsi chargé risque de ne jamais en atteindre le bout.

Ged la laissa pleurer, et n'eut aucune parole de réconfort; il ne parla pas davantage lorsqu'elle eut fini de pleurer et qu'elle regarda en arrière, vers les terres basses et bleues d'Atuan. Son visage était grave et vigilant, comme s'il eût été seul; il surveillait la voile et le gouvernail, vif et silencieux, le regard droit devant lui.

Dans l'après-midi, il lui désigna un point à droite du soleil, vers lequel ils voguaient à présent. « Voici Karego-At », dit-il; et Tenar, suivant son geste, vit dans le lointain se dessiner des collines qui ressemblaient à des nuages, et l'île immense qui était celle du Dieu-Roi. Atuan était loin derrière eux, hors de leur vue. Elle avait le cœur très lourd. Le soleil heurtait ses yeux comme un marteau d'or.

Le souper fut constitué de pain sec et de poisson fumé, dont le goût parut infect à Tenar, et l'eau prise dans la barrique du bateau, que Ged avait remplie à un ruisseau au Cap Nuage le soir précédent. La nuit hivernale descendit, rapide et froide, sur la mer. Loin vers le nord, ils virent durant un instant des lueurs minuscules, des feux dans les villages des rivages de Karego-At. Elles s'évanouirent dans une brume qui montait de l'océan, et ils furent seuls dans la nuit sans étoiles, sur l'eau profonde.

Elle s'était recroquevillée à l'arrière: Ged était étendu à la proue, avec la barrique pour oreiller. Le bateau avançait régulièrement, les petites lames giflant légèrement ses flancs, bien que le vent ne fût qu'un faible souffle venant du sud. Ici, loin des rives rocheuses, la mer aussi était silencieuse; elle ne faisait que murmurer en touchant le bateau.

« Si le vent vient du sud », dit Tenar, chuchotant parce que la mer chuchotait, « Le bateau ne va-t-il pas vers le nord? »

– « Oui, à moins qu'on louvoie. Mais j'ai mis le vent de mage dans sa voile, en direction de l'ouest. D'ici à demain matin, nous devrions être sortis des eaux Kargues. A ce moment, je le laisserai aller selon le vent du monde. »

– « Est-ce qu'il se gouverne tout seul? »

– « Oui », répondit Ged avec gravité, « si on lui donne les instructions appropriées. Il lui en faut peu. Il est allé dans la Mer Ouverte, plus loin que l'extrême île du Lointain Est; il est allé à Selidor, où mourut Erreth-Akbe, dans l'extrême Ouest. C'est un bateau sage et astucieux que mon *Voitloin*. On peut lui faire confiance. »

Dans le bateau, mû par magie sur les profondeurs immenses, la jeune fille, étendue, levait les yeux vers l'obscurité. Toute sa vie, elle avait contemplé les ténèbres; mais celles de cette nuit, sur l'océan, étaient plus vastes encore. Elles n'avaient pas de fin. Il n'y avait pas de toit. Elles s'étendaient au-delà des étoiles. Elles n'étaient animées par aucune Puissance terrestre. Elles existaient avant que fût la lumière, et seraient là après elle. Elles existaient avant que soit la vie, et seraient là après elle. Elles s'étendaient au-delà du mal.

Dans le noir, elle parla : « Cette petite île, où le talisman te fut donné, se trouve-t-elle sur cette mer? »

– « Oui », répondit sa voix sortant de l'obscurité. « Quelque part. Vers le sud, peut-être. Je ne saurais la retrouver. »

– « Je sais qui était cette vieille femme qui te donna l'anneau. »

– « Tu le sais? »

– « On m'a conté l'histoire. Elle faisait partie de ce que devait savoir la Première Prêtresse. Thar me l'a dit, une première fois en présence de Kossil, puis plus en détail, quand nous fûmes seules. C'était la dernière fois qu'elle me parlait, avant sa mort. Il y avait à Hupun une maison noble, qui lutta contre l'essor des Grands Prêtres d'Awabath. Le fondateur de cette maison était le Roi Thoreg, et parmi les trésors qu'il laissa à ses descendants se trouvait la moitié d'anneau qu'Erreth-Akbe lui avait donnée. »

– « C'est en effet ce que narre la Geste d'Erreth-Akbe. Elle dit... Dans ta langue, elle dit : " Quand l'anneau fut brisé, une moitié demeura entre les mains du Grand Prêtre Intathin, et l'autre dans celles du héros. Et le Grand Prêtre transmit la moitié qu'il détenait aux Innommables, aux Anciens de la Terre d'Atuan, et elle partit dans les ténèbres, dans les lieux perdus. Mais Erreth-Akbe remit l'autre moitié entre les mains de la vierge Tiarath, fille du roi sage, en disant : *Qu'elle reste dans la lumière, dans la dot de la vierge, qu'elle reste en ce pays jusqu'à ce que les deux moitiés soient réunies.* Ainsi parla le héros avant de faire voile vers l'ouest. " »

– « Ainsi se transmit-elle d'une fille de cette maison à l'autre, à travers les ans. Elle n'était point perdue, comme le croyaient ceux de ton peuple. Mais quand les Grands Prêtres se transformèrent en Prêtres-Rois, quand ensuite les Prêtres-Rois bâtirent l'Empire, et commencèrent à s'intituler Dieux-Rois, la maison de

Thoreg ne cessa de s'appauvrir et de s'affaiblir. Et finalement, comme me le conta Thar, il ne resta de la lignée de Thoreg que deux petits enfants, un garçon et une fille. En ce temps-là, le Dieu-Roi d'Awabath était le père de celui qui gouverne actuellement. Il fit enlever les enfants dans leur palais de Hupun. Une prophétie disait que l'un des descendants de Thoreg de Hupun amènerait la chute de l'Empire, et cela l'effrayait. Il fit enlever les enfants, et les fit emporter sur une île, quelque part au milieu de la mer, où on les abandonna sans rien d'autre que les vêtements qu'ils portaient et un peu de nourriture. Il redoutait de les tuer par le poignard ou le poison, ou de les étrangler : ils étaient de sang royal, et le meurtre de rois entraîne une malédiction, même pour les dieux. Ils s'appelaient Ensar et Anthil. C'est Anthil qui te donna l'anneau brisé. »

Il resta silencieux un long moment. « Ainsi l'histoire est reconstituée, de même que l'anneau », dit-il enfin. « Mais c'est une cruelle histoire, Tenar. Ces petits enfants, cette île, ces vieillards que j'ai vus... Ils connaissaient à peine le langage humain. »

– « Je voudrais te demander une chose. »

– « Fais. »

– « Je ne souhaite pas me rendre dans les Contrées de l'Intérieur, à Havnor. Ma place n'est pas dans ces grandes cités, parmi ces hommes étrangers. Ma place n'est dans aucun pays. J'ai trahi mon peuple. Je n'ai plus de peuple. Et j'ai fait une chose abominable. Laisse-moi seule sur une île, comme on le fit pour les enfants du roi, sur une île solitaire où nul ne vit, où il n'y a personne. Laisse-moi, et porte l'anneau jusqu'à Havnor. Il est à toi, et non à moi. Il n'a rien à voir avec moi. Non plus que ton peuple. Laisse-moi seule! »

Lentement, graduellement, mais d'une manière qui la surprit pourtant, pointa une lueur semblable à un lever de lune en miniature, dans la noirceur qui l'entourait : la lumière enchantée, qui répondait à son ordre. Elle s'accrocha au bout de son bâton, qu'il tenait tout droit, face à elle, sur la proue. Elle éclairait le bas de la voile, et les plats-bords, et les planches, et son visage, d'un reflet argenté. Il la fixait d'un regard direct.

« Quelle vile action as-tu commise, Tenar? »

– « J'ai ordonné qu'on enferme trois hommes dans une chambre sous le Trône, et qu'on les laisse mourir de faim. Ils ont péri de faim et de soif. Ils ont péri, et son enterrés dans l'En-Dessous des Tombeaux. Les Pierres Tombales ont chu sur leurs tombeaux à eux. » Elle s'interrompit.

– « Y a-t-il autre chose? »

– « Manan. »

– « C'est moi qui suis cause de sa mort. »

– « Non. Il est mort parce qu'il m'aimait, et qu'il était fidèle. Il croyait me protéger. C'est lui qui a tenu l'épée au-dessus de mon cou. Quand j'étais petite, il était gentil avec moi... Quand je pleurais... » Elle s'interrompit à nouveau, car les larmes montaient en elle violemment; mais elle ne voulait plus pleurer. Ses mains étaient crispées sur les plis noirs de sa robe. « Je n'ai jamais été gentille avec lui », dit-elle. « Je n'irai pas à Havnor. Je n'irai pas avec toi. Trouve une île où jamais personne ne vient, dépose-moi, et abandonne-moi. Le mal doit être expié. Je ne suis *pas* libre. »

La douce lumière, rendue grise par la brume marine, chatoyait entre eux.

– « Écoute, Tenar. Pense bien à ce que je dis. Tu étais le réceptacle du mal. Maintenant, le mal est sorti de toi. C'est fini. Il est enterré dans son propre tombeau. Jamais tu n'as été faite pour la cruauté et les ténèbres; tu es faite pour contenir la lumière, comme une lampe qui brûle contient et offre sa lumière. J'ai trouvé une lampe jamais encore allumée; je ne l'abandonnerai pas sur une île déserte, comme une chose qu'on trouve et qu'on rejette. Je vais t'emmener à Havnor, et dire aux princes de Terremer: " Voyez! Dans le lieu des ténèbres j'ai trouvé la lumière, son esprit. Par elle, une ancienne puissance du mal a été réduite au néant. Par elle je suis sorti du tombeau. Par elle l'anneau brisé à été ressoudé, et là où il y avait la haine régnera la paix. " »

– « Je ne le veux pas », dit Tenar, au supplice. « Je ne peux pas. Ce n'est pas vrai! »

virent les tours blanches, et la cité tout entière blanche et radieuse sous la neige. Les voûtes des ponts et les toits des maisons étaient couverts de neige, et le gréement des centaines de navires rangés dans le port luisait sous le givre dans le soleil d'hiver. La nouvelle de leur arrivée les avait précédés, la voile rouge et rapetassée de *Voitloin* étant bien connue sur ces mers; une foule immense s'était rassemblée sur les quais enneigés, et des banderoles de couleur claquaient parmi la multitude dans le vent clair et froid.

Tenar était assise à la poupe, toute droite, dans son manteau noir en haillons. Elle regardait l'anneau à son poignet, puis le rivage multicolore avec sa foule dense, et les palais et les hautes tours. Elle leva la main droite, et le soleil étincela sur l'argent de l'anneau. Un vivat s'éleva, faible mais joyeux, et le vent l'apporta sur l'eau turbulente. Ged fit accoster le bateau. Une centaine de mains se tendirent pour saisir l'amarre qu'il lança vers le quai. Il bondit à terre, et se retourna pour l'aider à prendre pied sur le sol. « Viens », dit-il en souriant; et elle se leva et vint. Grave, elle marcha à son côté au long des blanches rues de Havnor, en lui tenant la main, comme un errant qui rentre au bercail.

TABLE

Achevé d'imprimer en août 1988
sur les presses de l'Imprimerie Bussière
à Saint-Amand (Cher)

PRESSES POCKET - 8, rue Garancière - 75285 Paris
Tél. : 46-34-12-80

— N° d'édit. 2090. — N° d'imp. 5398. —
Dépôt légal : avril 1985.

Imprimé en France